Une alliance inoubliable

SHARON KENDRICK

Une alliance inoubliable

Traduction française de
SYLVIE CALMELS-ROUFFET

AZUR

HARLEQUIN

Collection : Azur

Titre original :
CONFESSIONS OF HIS CHRISTMAS HOUSEKEEPER

HARPERCOLLINS FRANCE
83-85, boulevard Vincent-Auriol, 75646 PARIS CEDEX 13
Service Lectrices — Tél. : 01 45 82 47 47 - www.harlequin.fr
ISBN 978-2-2804-7549-5 — ISSN 0993-4448

Composé et édité par HarperCollins France.
Imprimé en octobre 2022 par CPI Black Print (Barcelone)
en utilisant 100% d'électricité renouvelable.
Dépôt légal : novembre 2022.

FSC www.fsc.org
MIXTE
Papier issu de sources responsables
FSC® C159065

Pour limiter l'empreinte environnementale de ses livres, HarperCollins France s'engage à n'utiliser que du papier fabriqué à partir de bois provenant de forêts gérées durablement et de manière responsable.

1.

Il y avait forcément une erreur…

Giacomo Dante Volterra eut un petit mouvement de tête incrédule. Dérouté, il détailla la femme qui venait d'apparaître sur le seuil du bureau où il patientait depuis vingt minutes, contenant à grand-peine son agacement – il n'aimait pas qu'on le fasse attendre. D'un autre côté, il avait eu le temps de répéter mentalement tout ce qu'il avait d'important à lui dire. Mais là tout de suite, les mots restaient bloqués dans sa gorge.

Machinalement, il se frotta le front.

Depuis l'accident, il avait appris à vivre avec l'esprit confus. Cette fois-ci, c'était le chaos le plus total.

Était-il possible que cette femme soit son épouse… à *lui*, l'un des hommes les plus riches d'Italie ?

À en juger par son visage soudain devenu blême et son air effaré, il aurait eu tendance à dire oui. Naturellement, il pouvait exister une autre explication à sa stupeur, se rappela-t-il avec amertume. Il n'en demeurait pas moins que cette femme n'était pas celle qu'il s'attendait à voir. Elle ne ressemblait en rien à l'épouse qu'il imaginait.

Une blouse d'un rose criard enveloppait sa silhouette menue et une horrible charlotte en résille blanche recouvrait ses cheveux bruns, empilés au sommet de son crâne. Giacomo réprima une grimace en notant les sabots de travail en plastique du même coloris que la blouse. Il nota également qu'elle ne portait pas de bijoux. Ni d'alliance. Ce qui n'était pas plus mal, songea-t-il confusément. Parce que cela aurait rendu sa proposition encore plus délicate si ladite épouse était restée sentimentalement accrochée à ce pan de vie commune dont l'accident, survenu neuf mois plus tôt, avait effacé tout souvenir.

Il s'était plus ou moins attendu à retrouver une femme habillée haute couture de la tête aux pieds, couverte de bijoux. Le genre de femme à occuper ses longues heures d'oisiveté entre un luxueux appartement londonien, la salle de gym et les après-midi shopping avec des amies. Cela dit, il avait constaté que son compte bancaire n'indiquait aucun virement en faveur de celle qui portait son nom. Surprenant, car il avait l'habitude de régler la note – phénomène prévisible quand on était aussi riche que lui. Mais ce qui était encore plus étonnant, pour ne pas dire inconcevable, c'est que cette épouse dont il était manifestement séparé, gagnait sa vie en travaillant chez un traiteur, à Stanwell, une petite bourgade proche de l'aéroport d'Heathrow, dont les rues étroites semblaient rivaliser pour le trophée du décor de Noël le plus moche avec des guirlandes tape-à-l'œil, surchargées d'ampoules clignotantes.

— Giacomo, dit-elle à mi-voix comme si ce nom était synonyme de danger. Que fais-tu ici ?

— Bonjour, Louise. Content de te voir.

Elle ne répondit pas.

Elle n'osait pas.

Ne pensait plus.

Ne pouvait pas parler.

La tête lui tournait, ses pensées aussi.

Elle avait éprouvé le même élan irrésistible qu'autrefois quand elle l'avait vu assis là, dans le bureau de sa patronne, cet homme si beau, si fascinant. L'homme dont elle avait été l'épouse l'espace de quelques mois avant que tout s'écroule.

Que venait-il faire ici ?

Qu'était-il venu chercher ?

Son cœur palpita et un fol espoir enfla dans sa poitrine – une fraction de seconde seulement. Il l'avait appelée par son prénom, signe qu'il n'était pas venu ici pour se faire pardonner, lui dire qu'il avait commis une grave erreur et lui demander une seconde chance. De toute façon, elle aurait refusé.

Tu es sûre ? ricana sa conscience.

Le regard d'aigle de Giacomo heurta le sien, renforçant sa détermination.

Oui, elle refuserait. Elle ne donnerait pas de seconde chance à leur couple. Giacomo Volterra n'était pas pour elle. Il avait piétiné son cœur. Incapable de donner et de recevoir de l'amour, il l'avait rejetée avec une violence glaciale au moment où elle avait tant besoin de lui.

Elle lui en voulait tellement…

En même temps, elle éprouvait une tristesse indicible, parce que le passé possédait le pouvoir sans fin d'enrouler ses tentacules autour de votre cœur et de serrer, serrer, jusqu'à vous faire mal. Elle n'était plus *Lulu*. Sa Lulu. Elle était tout simplement Louise. Dès que leur divorce serait prononcé, elle reprendrait son nom de jeune fille. Elle s'appellerait de nouveau Louise Greening et non plus Louise Volterra. Et ce serait tant mieux. N'était-ce pas ce qu'elle se répétait encore et encore depuis des mois ?

Passé le choc initial de revoir Giacomo, elle s'autorisa à le regarder de plus près et ce qu'elle vit fut un second choc. Une cicatrice zébrait sa joue droite, altérant l'insolente beauté de son visage. Un visage qui faisait se pâmer les femmes. Il y avait aussi une petite cicatrice au-dessus du sourcil gauche – une cicatrice que la plupart des gens ne remarquaient sans doute pas, sauf elle. Elle avait passé tant d'heures à couvrir de baisers chaque centimètre carré de sa peau qu'elle en connaissait chaque détail.

Prudemment, elle s'aventura dans ses yeux. Des yeux noirs dont l'éclat d'obsidienne vous capturait et vous donnait l'impression d'être unique. Des yeux qui pouvaient être tendres et sensuels quand Giacomo vous déshabillait lentement ou quand il abaissait ses hanches entre vos cuisses. Mais aujourd'hui, dans les profondeurs de son regard, il n'y avait aucune émotion, que du vide – la lumière s'était éteinte. C'était le regard d'un étranger.

— Que fais-tu ici ? répéta-t-elle, plus calmement. Où est ma patronne ?

— Elle ne va pas tarder à revenir, répondit Giacomo en se calant dans le fauteuil comme s'il était chez lui, dans ce bureau dont la lumière crue donnait à sa chevelure la noirceur des ailes de corbeaux. Je l'ai convaincue de nous laisser seuls quelques instants.

Louise haussa un sourcil perplexe.

— D'habitude, elle est enchaînée à son bureau. Tu as dû te montrer extrêmement persuasif.

— Je le suis… persuasif, confirma-t-il d'une voix suave. Il fallait que je te parle, Louise. Seul à seul.

Un frisson la parcourut. Un frisson de désir mêlé d'appréhension. Elle avait beau être consciente que cet homme était toxique pour elle, elle ne pouvait s'empêcher de le désirer. Elle avait la chair de poule dès que son étrange regard froid glissait sur elle. Une réaction purement hormonale, tenta-t-elle de se rassurer. Il n'y avait rien d'anormal à ce qu'un corps délaissé se rappelle qu'il y avait ici quelqu'un capable de l'amener au sommet du plaisir.

— Je t'écoute. Mais sois bref, fit-elle en jetant un coup d'œil inutile à sa montre. Comme tu peux le constater, je travaille.

Sous son manteau de cachemire noir, Giacomo haussa les épaules, attirant aussitôt l'attention de Louise sur sa carrure d'athlète, réveillant le souvenir de son torse nu, sa peau bronzée… Vaillamment, elle chassa l'image.

— Difficile de faire bref, Louise. Ce que j'ai à te dire ne se résume pas en quelques mots.

— Dommage, parce que je n'ai vraiment pas le temps de t'écouter. Tu n'as qu'à mettre par écrit ce que tu as à me dire et m'envoyer le courrier à cette adresse.

Elle tournait les talons quand il dit quelque chose qui l'arrêta net.

— S'il te plaît, Louise.

Elle se figea.

Giacomo demandait rarement quoi que ce soit de cette façon. Il claquait des doigts ou donnait des ordres. Et parce que c'était sa manière d'être et qu'il pouvait être aussi charmant qu'inflexible, les gens finissaient par céder et se pliaient à ses quatre volontés. Avec le sourire en prime. Comme elle-même l'avait fait quand elle avait enfreint ses propres règles et couché avec lui quelques heures à peine après l'avoir rencontré.

Il y avait aussi cette urgence inhabituelle dans sa voix. Une urgence qui la fit hésiter, partagée entre la curiosité de savoir ce qui l'amenait à refaire irruption dans sa vie et la crainte de se laisser bouleverser par ce qu'il avait à lui dire. Pourquoi prendre le risque de fondre en larmes sous ses yeux ? Elle ferait mieux de l'envoyer paître en lui expliquant qu'elle n'avait aucune envie de discuter de quoi que ce soit avec lui. D'un autre côté, ce serait puéril. Et ce serait une preuve de faiblesse. La preuve qu'elle se sentait toujours aussi vulnérable, incapable de s'affirmer face à lui.

Non. Elle ne lui ferait pas ce cadeau.

— Je termine à 17 h 30, dit-elle d'un ton neutre, tout

en continuant de lui tourner le dos. Rendez-vous au pub. Je t'accorde une demi-heure, pas plus.

— Quel pub ?

— Il n'y en a qu'un, Giacomo. Nous ne sommes pas à Milan.

Glissant un coup d'œil oblique sur la voiture de sport garée dehors qui coûtait probablement plus que le chiffre d'affaires annuel de sa patronne, elle ajouta :

— Il n'est pas difficile à trouver. Il te suffit de descendre la rue principale dans ton bolide. Fais juste attention à ne pas écoper d'une amende pour excès de vitesse. Notre policier local prend son travail très au sérieux. Et maintenant, si tu veux bien m'excuser, j'ai deux douzaines de vol-au-vent qui attendent d'être garnis.

Elle garda le dos tourné, même quand elle l'entendit se lever, même quand elle entendit la porte se refermer sur lui. Parce qu'elle ne voulait pas le regarder disparaître comme elle l'avait fait si souvent par le passé.

Tremblante, elle regagna la petite cuisine industrielle à l'arrière de la boutique et éluda les questions de ses collègues qui s'inquiétaient de la voir si pâle.

— Tout va bien, les rassura-t-elle en forçant un sourire sur ses lèvres.

Mais ses mains tremblaient tellement qu'elle faillit s'amputer un doigt en hachant des oignons.

Elle n'avait pas revu Giacomo depuis bientôt dix-huit mois, depuis le soir où leur mariage avait implosé après qu'elle avait perdu leur bébé.

Elle battit furieusement des paupières pour refouler les larmes qui brouillaient sa vue.

Avait-elle été assez sotte pour espérer qu'il en serait autrement ! Dès le départ, elle aurait dû comprendre que leur couple était voué à l'échec. Ils n'étaient pas compatibles. Leur dernier contact, c'était au téléphone, quand elle lui avait annoncé qu'elle ne reviendrait pas. Il avait raccroché sans un mot et bloqué son numéro.

Peu de temps après, il avait eu un grave accident de ski. Louise avait été dévastée en l'apprenant. Réprimant l'instinct qui la poussait à courir à son chevet, elle avait téléphoné à Paolo, le fidèle assistant de Giacomo, pour prendre des nouvelles et savoir s'il y avait quoi que ce soit qu'elle puisse faire… s'il avait besoin d'elle. La réponse lui avait fait l'effet d'un coup de poignard en plein cœur. Paolo, avec qui elle s'était toujours bien entendue, lui avait poliment répondu que l'hôpital était assiégé par des hordes de femmes qui ne demandaient qu'à prendre soin du blessé. Il avait ensuite prétexté un autre appel téléphonique pour ne pas prolonger la communication. Une façon de lui faire comprendre que Giacomo était passé à autre chose et ne voulait plus entendre parler de leur mariage. Il l'avait effacée de sa vie aussi facilement qu'on efface une faute d'orthographe. D'un coup de gomme. Sans état d'âme. Sans émotion.

Alors, pourquoi réapparaissait-il maintenant ?

Elle termina de garnir les vol-au-vent, nettoya les plans de travail et courut au vestiaire troquer son uniforme de travail pour un jean et un pull, tout en réfléchissant aux motivations de Giacomo. Elle n'en voyait qu'une seule. Il lui fallait un divorce ultra-rapide pour pouvoir se remarier. Sans doute avait-il rencontré la femme de sa vie, *cette fois*. Une femme du même milieu que lui, une femme à sa hauteur, riche, belle et vivante image de la confiance en soi – pas une petite Anglaise ordinaire qu'il s'était senti obligé d'épouser parce qu'il l'avait mise enceinte après ce qui n'aurait dû être qu'une liaison purement sexuelle.

Rageusement, Louise arracha la charlotte sur sa tête et

passa les doigts dans la masse de ses boucles brunes pour les démêler. Puis elle inspira profondément.

Elle devrait à tout prix garder son calme quand il lui expliquerait l'objet de sa visite. Elle devrait rester digne, ne pas montrer qu'elle souffrait. Elle lui souhaiterait tout le bonheur du monde et se conduirait en adulte responsable. Ils pourraient même bavarder poliment autour d'un café – qu'il jugerait forcément moins bon que le café italien.

Comment vas-tu ? lui demanderait-il avec l'attitude condescendante de l'ex-conjoint qui a déjà tourné la page.

Elle répondrait *Moi ?* Peut-être marquerait-elle une pause, le temps de forcer un sourire radieux sur ses lèvres et de mettre un peu de conviction dans sa réponse. *Oh ! je vais très bien, merci, Giacomo. J'avance.*

Louise ravala un soupir excédé.

Cette conversation imaginaire ne tenait pas debout. Elle ferait mieux de revoir sa réponse. *J'avance !* On aurait dit une vieille jument de trait mise à la retraite.

Elle rassembla ses cheveux en une tresse, enfila son anorak et sortit dans le froid glacial de décembre.

Le vent du nord mêlé de grésil mordit aussitôt ses joues. Patinant sur le trottoir verglacé, elle descendit la rue jusqu'au Black Duck Cafe. Des chants s'échappaient de la vieille bâtisse à colombages dont les fenêtres scintillaient sous les guirlandes lumineuses. À l'approche de Noël, l'ambiance était festive dans le village. Une ambiance qui emplissait Louise de nostalgie. S'armant de courage, elle poussa la porte. Elle ne devait manifester aucune émotion, quoi que dise Giacomo. Parce que *lui* n'avait pas d'émotion.

Il n'en avait jamais eu.

Elle s'avança dans la salle et le repéra aussitôt, assis au fond, près de la cheminée. La plupart des clients glissaient des regards furtifs dans sa direction, mais certaines femmes le scrutaient ouvertement. Ce qui n'avait rien d'étonnant. Les hommes tels que Giacomo Volterra étaient déjà rares en soi, mais là, dans cette bourgade anglaise, il faisait carrément figure d'extraterrestre.

Il avait retiré son manteau, dévoilant sa silhouette athlétique. Vêtu d'une chemise blanche et d'un jean délavé, moulant ses longues jambes musclées, il réussissait le tour de force d'avoir l'air fabuleusement riche et merveilleusement décontracté. Ses cheveux bruns étaient un peu plus longs qu'autrefois et l'ombre d'une barbe naissante soulignait la courbe de sa mâchoire volontaire. Avec son regard d'ébène auquel rien n'échappait, il avait l'air d'une comète qui serait tombée au milieu du pub, éclipsant les lumières du sapin de Noël.

Il se leva à son approche.

— Je me demandais si tu viendrais.

— Qu'aurais-tu fait si je n'étais pas venue ?

— Je t'aurais retrouvée et je t'aurais fait changer d'avis.

— On peut savoir comment ?

— En usant de mon pouvoir de persuasion, qui – comme tu le sais – est considérable, *cara*.

Elle faillit lui dire de ne plus l'appeler ainsi. Elle n'était plus sa chérie et c'était un rappel cruel des mots tendres qu'il lui avait murmurés quand leurs corps s'enlaçaient. Des mots qui n'avaient en réalité aucun sens pour lui.

Mieux valait faire comme si de rien n'était. Réagir, ce serait montrer qu'il était toujours capable de l'ébranler. Elle lui offrit un sourire indifférent, tout en haussant un sourcil interrogateur.

— Alors ?

— Je te commande un café ?

— Je veux bien. Merci.

Louise ôta son anorak et s'assit aussi loin que possible de

la chaise de Giacomo, mais ne put s'empêcher de le suivre des yeux tandis qu'il allait au comptoir.

Elle avait beau s'efforcer d'être détachée, les sentiments qu'elle éprouvait à son égard étaient toujours aussi vifs. Après tout, c'était l'homme avec lequel elle avait cru au bonheur éternel. Personne n'échangeait des vœux de mariage en pensant que ça ne durerait pas.

Bien sûr, avec le recul – deux ans plus tard – elle réalisait à quel point elle avait été naïve. Finalement, elle n'avait jamais vraiment su qui était son époux. Il y avait veillé. Il l'avait tenue à l'écart de sa vie et de son cœur – sans doute par crainte de lui donner trop de pouvoir sur lui. Giacomo Volterra était un homme qui accaparait le pouvoir. Un maniaque du contrôle.

Il revint avec deux tasses de macchiato.

Louise en sirota une gorgée et lécha la mousse sur ses lèvres avant de relever les yeux sur lui.

— Tu ne critiques pas le café ?

— Inutile. Il est excellent.

Giacomo laissa tomber un sucre dans sa tasse et lui retourna son petit sourire moqueur.

— Comme quoi, tout peut arriver. Même en Angleterre.

— La patronne du Black Duck sera ravie de recevoir les compliments d'un connaisseur. Pense à poster un commentaire sur son site Internet.

Louise reposa sa tasse et croisa les mains pour les empêcher de trembler.

— Bien. J'imagine que tu n'es pas venu jusqu'ici pour parler de la pluie et du beau temps.

— En effet.

— Alors, de quoi s'agit-il ? Tu veux…

Facilite-lui la tâche, ce sera plus simple aussi pour toi. Elle prit une inspiration et se jeta à l'eau.

— Tu veux te remarier ?

— Me remarier ? Quelle idée !

— Je croyais…

— Il est toujours préférable d'éviter les suppositions, Louise. Surtout s'agissant de moi. Mais pour répondre à ta question, c'est non. Chat échaudé craint l'eau froide. Je n'ai nullement l'intention de me remarier.

La première réaction de Louise à cette clarification fut un immense soulagement. Soulagement qui se mua presque aussitôt en dépit. La vie privée de Giacomo ne la regardait plus. Il y avait cependant un point qu'elle ne pouvait faire mine d'ignorer plus longtemps.

Baissant les yeux sur son café, elle fit lentement tourner la tasse sur la soucoupe.

— J'ai été désolée d'apprendre ton accident.

Giacomo fronça les sourcils et ses lèvres sensuelles se pincèrent en un pli amer.

— Je me demandais quand tu allais te décider à en parler. Tout à l'heure, tu as eu l'air effarée en me voyant. C'est à cause de mon visage abîmé, Louise ? Il te fait horreur ?

Elle le regarda, interdite. Il était tellement loin du compte que c'en était presque risible. Elle se demanda ce qu'il répondrait si elle lui disait que sa première réaction en voyant sa joue abîmée avait été le besoin instinctif de tendre la main pour la caresser parce qu'elle ne supportait pas l'idée de la souffrance infligée à sa chair déchirée.

— À en juger par les regards que te glissent les femmes autour de nous, je dirais que cette cicatrice n'enlève rien à ton sex-appeal. Au contraire, elle te donne un petit air dangereux qui en séduit manifestement plus d'une.

— Dont tu fais partie ?

— Question hors sujet, Giacomo.

Qu'espérait-il ? Qu'elle allait répondre par l'affirmative ? Lui dire qu'elle le trouvait toujours aussi séduisant ? Qu'elle n'avait qu'une envie – monter avec lui dans l'une des chambres au-dessus du pub pour qu'il puisse la déshabiller et l'emmener au septième ciel ? Parce que c'était bien ce à quoi aspirait cette part irrationnelle d'elle-même. Une faiblesse qu'elle devait à tout prix surmonter.

— Ce qu'il y a eu entre nous appartient au passé, Giacomo. Je suis simplement heureuse que tu sois rétabli.

— Je ne le suis pas tout à fait, objecta-t-il avec, sur son visage, une expression que Louise ne put déchiffrer car elle ne l'y avait encore jamais vue.

— Il te reste des séquelles ? questionna-t-elle, soudain inquiète.

— Quelques-unes, oui. C'est la raison pour laquelle je suis ici, Louise. Parce que tu peux m'aider.

— Moi ?

Elle glissa ses mains sous la table et les croisa nerveusement entre ses genoux.

— Je ne vois pas comment.

Giacomo baissa la voix, manifestement soucieux de ne pas être entendu par des oreilles indiscrètes.

— J'ai perdu la mémoire. En partie seulement, précisa-t-il. Les médecins parlent d'amnésie partielle. Cela ne m'empêche pas de vivre et ce n'est pas forcément définitif, mais…

— Mais ?

— C'est exaspérant. Comme une page vide au milieu d'un agenda. Les souvenirs se heurtent à un mur dans ma mémoire. Personne n'est au courant en dehors de Paolo. Pour le reste, je vis normalement et mes affaires n'ont jamais aussi bien marché. Mais si l'un de mes concurrents venait à soupçonner une faille dans mon armure, il ne se gênerait pas pour l'exploiter.

Louise secoua la tête avec un soupir.

— Tu as une vision bien cynique du monde, Giacomo.

Il lui adressa un sourire condescendant.

— Tu ne connais rien au monde des affaires, Louise. Tu n'as aucune idée de la façon dont il fonctionne.

— Merci de me rappeler mon ignorance.

Il cilla.

— Je ne voulais pas me montrer blessant. Pardonne-moi si je m'exprime de façon un peu trop directe.

Ces mots étaient les plus proches d'une excuse que Louise ait jamais entendue dans la bouche de Giacomo.

Déconcertée, elle décroisa les mains et les posa bien à plat sur la table comme pour s'y arrimer, et le fixa droit dans les yeux.

— Je ne comprends pas ce que je viens faire dans cette histoire. Nous sommes séparés. Tout ceci ne me concerne plus.

— Justement, si. Tu es la partie effacée de ma mémoire. Des images me traversent l'esprit, trop fugaces pour que je puisse les retenir. C'est comme si une partie de ma vie avait été déchirée en petits morceaux éparpillés par le vent. J'ai besoin que tu m'aides à les rassembler. Je veux que tu m'aides à me souvenir, Louise.

2.

Louise regarda fixement Giacomo.

Dans le bar, quelqu'un s'était mis au piano pour accompagner un chant de Noël. Elle entendait vaguement le tintement des verres, des gens qui discutaient, mais tout ce qui occupait son esprit, c'était l'étrange requête de Giacomo.

— Comment puis-je t'aider à retrouver la mémoire ? On ne se connaît pas vraiment. En tout cas, moins que la plupart des couples. Notre mariage a duré à peine quatre mois et la majeure partie du temps tu étais en voyage. Pour tes affaires. Enfin… je suppose.

Giacomo se rembrunit, comme s'il n'appréciait pas ce que sous-entendaient ces derniers mots, mais elle vit l'instant exact où il renonça à faire objection. Il posa les coudes sur la table et se pencha en avant avec, dans son regard, une expression qu'elle connaissait bien. C'était celle de Giacomo Volterra quand il avait décidé d'obtenir quelque chose. Et si elle baissait sa garde, elle finirait par le lui donner, que ça lui plaise ou non.

— Je sais que notre mariage fut bref, Louise. Mais tu fais partie d'un pan de mon existence dont je n'ai plus aucun souvenir. Je veux m'en souvenir.

— Malheureusement, on n'obtient pas toujours ce qu'on veut dans la vie, Giacomo. On a ce qu'on peut.

En dépit des circonstances, il ne put réprimer l'ébauche

d'un sourire. Louise avait-elle toujours eu ce petit côté insolent ? Était-ce ce qui l'avait séduit chez elle ?

Il se redressa sur sa chaise et la regarda faire mine d'examiner ses ongles.

Le silence entre eux s'étira. Un silence qu'il était tenté de rompre pour obtenir une réponse immédiate et conclure rapidement. Il connaissait cependant l'art de la négociation. Il devait lui laisser le temps d'assimiler ce qu'il avait dit et d'y réfléchir. Il en profita pour siroter son café tout en l'observant.

Les médecins l'avaient averti qu'un excès d'informations pourrait être contre-productif, aussi s'était-il contenté d'enregistrer les principaux événements ayant eu lieu au cours de l'année effacée de sa mémoire. Il savait qu'il avait épousé une dénommée Louise Greening – des documents attestaient du mariage ainsi qu'une lettre froissée découverte au fond du tiroir de son bureau, dans laquelle son épouse annonçait qu'elle le quittait. Ce qui l'avait surpris, car aucune femme ne l'avait jamais plaqué – c'était plutôt lui qui avait du mal à s'en défaire. Mais ensuite, il y avait eu ce flash de quelque chose de sombre. Une sensation de malaise aigu, si fugace qu'il l'avait mis sur le compte d'un effet de son imagination.

Il fronça les sourcils. Louise était un mystère. D'autant qu'il n'existait aucune photo de leur mariage. Les seules photos où il apparaissait accompagné de personnes du sexe opposé, il les avait dénichées sur Internet. Des photos prises devant de grands hôtels ou lors d'événements mondains, sur le tapis rouge à Cannes ou dans des expositions d'art. Les paparazzis réussissaient à le traquer même pendant ses vacances, durant lesquelles il apparaissait invariablement avec une jolie fille en tenue légère sur fond de mer turquoise. À en croire ces photos, il avait un net penchant pour les mannequins scandinaves – de belles blondes longilignes, presque aussi grandes que lui.

Louise n'avait pourtant rien de ces caractéristiques. Elle ne collait pas du tout au tableau. Brune, menue mais avec des formes, elle lui arrivait à peine aux épaules. Pas maquillée, elle était habillée très simplement d'un jean et d'un pull manifestement choisi pour être chaud à défaut d'être chic. Il y avait cependant quelque chose d'incroyablement sensuel chez elle qui transcendait le reste.

Quant à ses yeux…

Un fragment de souvenir essayait de percer le brouillard dans son esprit. C'était les plus beaux yeux qu'il ait jamais vus. Des yeux couleur de bleuet, frangés de longs cils soyeux, surmontés de sourcils noirs formant une oblique inattendue sur sa peau d'un blanc de magnolia. Ses lèvres étaient roses et tendres, son nez droit et délicat. C'était une beauté naturelle. Une beauté rare.

Le cœur de Giacomo se mit à battre plus vite. Après tout, il n'y avait peut-être rien d'étonnant à ce qu'il ait épousé cette femme.

Elle releva les yeux sur lui.

— C'est non.

— Comment ça « non » ?

— Non, je ne peux pas t'aider, Giacomo. Je suis même étonnée que tu oses me le demander.

— Pourquoi ?

— Parce que c'est déplacé !

— Ah… Je peux savoir pour quelle raison ?

Louise soutint son regard.

Giacomo avait été un époux froid et distant la plupart du temps – sauf au lit, bien sûr – sans parler de la cruauté avec laquelle il l'avait traitée au moment où elle aurait tellement eu besoin qu'il soit là pour elle, qu'il la prenne dans ses bras, la console, la rassure. Et il avait le culot de venir lui demander de l'aide ! Il ne s'attendait tout de même pas à ce qu'elle accepte comme s'ils étaient les meilleurs amis du monde ?

— Réfléchis un peu, Giacomo. Les couples qui se séparent le font généralement pour une bonne raison. Tu crois vraiment que j'ai envie d'aller faire un tour dans le passé avec toi, histoire de ressasser les mauvais souvenirs pour relancer ta mémoire ? C'est quoi le plan ? Dîner ici pour traverser un champ de mines émotionnel autour d'une assiette de crevettes ?

— Un seul dîner ne suffira pas.

— Ah… parce que tu comptes m'imposer plusieurs séances de discussion comme celle-ci pendant la période la plus stressante de l'année ? La bonne blague !

Louise pointa le pouce en direction du sapin clignotant dans un coin de la salle.

— Je te rappelle que je travaille chez un traiteur et que c'est bientôt Noël, au cas où tu n'aurais pas remarqué.

— C'est justement la raison de ma présence ici.

Giacomo la considéra d'un œil songeur avant d'ajouter :

— Tu te souviens que je possède une propriété dans la région ?

Louise lâcha un soupir.

Évidemment qu'elle se souvenait de son splendide château du XIIIe siècle dans les Chilterns, aux portes de Londres. Il l'y avait emmenée peu de temps après leur mariage, à une époque où elle s'imaginait encore pouvoir vivre heureuse avec lui.

— Je le sais, oui. Pourquoi ?

— Dans ce cas, tu sais aussi que je ne suis pas fan des fêtes de fin d'année et que je préfère les passer au calme, à la campagne, avec un personnel réduit au strict minimum. Voilà bientôt deux ans que je n'ai pas remis les pieds à Barton. Il est ridicule de conserver un tel domaine si je n'y séjourne pas de temps en temps, m'a très judicieusement fait remarquer mon conseiller financier. J'ai donc décidé d'y faire un saut.

— Aussi attractif que soit ton patrimoine immobilier, Giacomo, je ne vois toujours pas en quoi cela me concerne.

Il tiqua comme si ses objections permanentes le surprenaient.

— J'ai plusieurs rendez-vous d'affaires ici, à Londres, qui réclament ma présence en cette fin d'année. Ensuite, je dois retourner à Milan et j'aimerais que tu viennes avec moi.

Il marqua une courte pause.

— En tant qu'épouse.

Louise en resta bouche bée.

— Tu peux répéter ?

— Tu m'as bien entendu.

— En tant qu'*épouse* ! C'est une plaisanterie ou une tentative particulièrement maladroite de réconciliation ?

Giacomo lui sourit. Un sourire dur et déterminé. Un sourire dont elle ne se souvenait que trop bien.

— Ni l'un ni l'autre. Je me suis peut-être mal exprimé. Tu seras mon épouse uniquement de nom. Ma pseudo-épouse, si tu préfères. Nous partagerons notre ancienne demeure conjugale et nous nous montrerons en public, main dans la main, afin d'offrir au monde extérieur l'image d'un couple désireux de redonner un nouveau départ à son mariage.

Louise se raidit sur sa chaise.

— Mais nous ne le ferons pas vraiment ?

— Bien sûr que non, répondit-il sans hésiter. Il s'agit de mener l'exercice sur trois fronts…

— Waouh… On dirait que tu parles d'une campagne militaire, marmonna-t-elle, consciente de la déception et de la souffrance absurdes que déclenchaient les paroles de Giacomo dépourvues d'émotion.

— J'espère atteindre ainsi plusieurs objectifs, poursuivit-il, imperturbable. Le plus important, retrouver la mémoire. Mais ta présence sera également utile pour détourner l'attention de ceux qui pourraient soupçonner que je souffre d'amnésie et s'intéressent d'un peu trop près à mes affaires. Des affaires qui attirent beaucoup d'envieux.

— Ne serais-tu pas un brin mégalomane ? ne put s'empêcher d'ironiser Louise.

— Pas du tout, répondit Giacomo sans sourciller. On fait forcément des envieux quand on entre dans le cercle très prisé des milliardaires. Mais il paraît que les histoires de réconciliation romantiques excitent la curiosité et permettent ainsi de distraire l'attention. Enfin, trop de femmes me poursuivent de leurs assiduités depuis l'accident. Elles pensent sans doute que j'ai besoin d'une compagne pour prendre soin de moi, susurra Giacomo avec un sourire carnassier. Faire semblant de me remettre en couple avec toi est le meilleur moyen de les décourager.

Louise éprouva aussitôt l'aiguillon de la jalousie à l'idée de toutes ces créatures magnifiques se disputant ses faveurs. Mais ce qui la sidérait, c'était de constater à quel point Giacomo se fichait de ce qu'elle pourrait ressentir.

— Qu'est-ce que j'y gagne dans tout ça ? s'enquit-elle aussi calmement que possible. Tu ne penses pas que ce genre de comédie puisse être émotionnellement pénible, voire cruelle pour moi ?

L'expression de Giacomo redevint glaciale.

— C'est toi qui as déserté notre mariage, Louise. C'est ton choix. Quant à ce que tu y gagnes…

Il haussa les épaules.

— Je te promets d'accélérer la procédure de divorce dès que tu seras rentrée chez toi.

— Si je comprends bien, tu me demandes de faire semblant d'être ton épouse en échange d'un divorce rapide ?

— Exactement. Divorcer, c'est bien ce que tu veux,

non ? D'ailleurs, je suis surpris que tu n'aies pas lancé la procédure de ton côté.

Louise força un sourire sur ses lèvres. Inutile de lui avouer qu'elle n'avait pas eu le courage d'aller voir un avocat. Que les conséquences financières autant qu'émotionnelles d'une telle démarche avaient suffi à lui faire faire l'autruche.

— J'étais trop occupée pour ça.

— À cause du travail ?

— En effet, acquiesça-t-elle en le regardant droit dans les yeux, fière de ne lui avoir jamais demandé un centime. Je dois gagner ma vie.

— Admirable, commenta Giacomo. Mais parfaitement inutile. Je vais être franc, Louise. Jusqu'ici, je n'ai jamais eu besoin de personne, mais là, j'ai besoin de toi et je pense qu'il serait stupide de ta part de refuser mon offre. Une fois le divorce prononcé, tu toucheras une généreuse pension qui couvrira largement tes besoins et plus encore. Il suffit pour cela que nous nous remettions en couple un court laps de temps, ensuite tu seras libre… financièrement et sentimentalement. Qu'en dis-tu ?

Il termina son café d'un trait.

— Ça te tente ?

Étrangement, oui, elle était tentée. Mais pas pour les raisons qu'imaginait son époux au cœur de pierre.

Elle était tentée parce que leur rupture avait été si brutale qu'elle n'avait pas eu le temps de faire le deuil de ses sentiments pour Giacomo. Il restait omniprésent dans sa tête, dans sa vie. C'était une obsession. Elle n'arrivait pas à imaginer l'avenir sans lui. C'était comme si elle se retrouvait face à un mur infranchissable. Comme si derrière ce bloc de béton, il n'y avait plus de vie. Elle avait beau se répéter qu'une relation aussi brève ne méritait pas un tel tourment, un tel désespoir, son cœur obstiné refusait d'écouter. Parce que cet homme était trop beau, trop fascinant, trop désirable… trop *tout* pour son propre bien.

Et pour le sien.

Il lui offrait aujourd'hui un moyen de ne plus vivre dans l'illusion et de tirer un trait une bonne fois pour toutes sur l'homme qu'il était réellement.

Mais pas comme il l'entendait.

Ce serait à sa façon. Sous ses conditions à *elle*.

— Ton plan est voué à l'échec, Giacomo. Je n'irai pas à Milan avec toi et je ne jouerai pas la comédie du couple amoureux.

— Tu refuses ?

Dans son ton perçaient tout à la fois la surprise et la frustration d'un homme habitué à obtenir exactement ce qu'il voulait.

— Oui, je refuse de jouer cette comédie ridicule. Mais j'ai une autre idée.

L'éclat du regard noir de Giacomo trahissait clairement son mécontentement. Il détestait être contrarié. C'était un maniaque du contrôle qui ne supportait pas qu'un autre que lui s'autorise à prendre les commandes en lançant des contre-propositions.

— Laquelle ? fit-il d'un ton tranchant en pianotant de l'index sur la table dans un geste familier d'exaspération.

— Je passe Noël avec toi à Barton. Pas en tant qu'épouse…

Elle marqua une pause, le temps qu'il assimile ses paroles, avant de préciser :

— … mais comme employée de maison.

Giacomo fronça les sourcils.

— Tu as perdu la tête ?

Louise haussa les épaules.

— Pas plus que toi. Réfléchis-y. Il s'agit d'établir un cadre contractuel à notre accord. En tant qu'épouse, c'est non. En tant qu'employée, c'est oui. Mon expérience en restauration fait que je suis parfaitement qualifiée pour ce rôle. Et ce statut évitera toute confusion entre nous. D'ailleurs…

Elle s'interrompit et scruta son visage.

— Tu te souviens que j'étais serveuse quand nous nous sommes rencontrés ?

Giacomo se figea, le regard soudain absent, avant de secouer lentement la tête.

— Je ne me souviens de rien concernant ma relation avec toi, Louise.

Elle ne put réprimer un léger mouvement de recul. C'était étrange de savoir qu'elle n'existait plus dans la tête de Giacomo.

— Eh bien, c'est ce que j'étais. Serveuse. Et toi, tu étais le client. Tu retrouveras peut-être plus facilement la mémoire si nous reprenons nos rôles respectifs.

— Tu oublies qu'il y a déjà du personnel sur place, objecta Giacomo d'un ton sec. Je n'ai pas besoin de domestique supplémentaire.

— Tu n'as qu'à leur offrir quelques jours de congé. Ou mieux, donne-leur double salaire pour qu'ils te fichent la paix. C'est bien comme ça que tu règles les problèmes, Giacomo ? Avec un cadeau ou de l'argent. En tout cas, c'est ce que tu faisais avec moi.

— Vraiment ?

— Oui.

Louise hésita.

— À chaque fois que nous avions un désaccord, tu m'offrais un bijou.

— Toutes les femmes aiment les bijoux.

— Pas moi. J'aurais préféré discuter de ce qui n'allait pas au lieu de faire comme si le problème était réglé. Mais ce n'est plus d'actualité. Comme je te l'ai déjà dit, nous deux, c'est de l'histoire ancienne.

Jetant un coup d'œil à sa montre, elle se leva.

— La demi-heure est terminée. Tu as raison, c'est une idée absurde. Oublie-la.

— Non. Attends ! Ce n'est pas ce que j'avais imaginé, mais je suis d'accord. Quand peux-tu commencer ?

La main de Louise s'immobilisa sur son anorak.

Giacomo l'avait prise au mot. Elle était coincée !

— Mercredi, répondit-elle lentement. La veille du réveillon de Noël.

— Tu n'as rien de prévu ?

Elle avait reçu de sa tante une invitation qu'elle avait déclinée, tout comme elle l'avait déclinée l'année précédente. Parce qu'elle ne pouvait s'empêcher de penser à Giacomo et au merveilleux Noël passé ensemble. Et personne ne voulait d'une invitée pleurant sur son ex, ce jour-là.

— Non. J'avais prévu de passer Noël tranquillement chez moi. Mais je peux m'arranger et t'accorder quatre jours de mon temps. C'est à prendre ou à laisser.

Il l'observa en silence un instant, puis se leva à son tour, la dominant de toute sa hauteur, inconscient des femmes autour de lui qui le dévoraient des yeux.

— Puisque je n'ai pas le choix, je prends.

Il s'interrompit, l'air dubitatif.

— Cela dit… ce changement de statut n'est-il pas gênant pour toi, Louise ?

— Quel statut ?

Giacomo inclina la tête sur son épaule, l'ombre d'un sourire narquois sur ses lèvres.

— Passer du rang d'épouse de milliardaire au rang d'employée de maison, c'est une sacrée régression sociale, non ?

Louise serra les poings. Mais d'une certaine façon, la cruauté de ses paroles lui rappelait quel genre d'homme était réellement Giacomo Volterra. Un homme incapable de comprendre qu'il serait bien plus pénible pour elle de faire semblant d'être son épouse que d'être une honnête domestique. Un homme qui ne voyait et n'entendait que ce qui l'arrangeait.

Jetant son sac en bandoulière sur l'épaule, elle lui jeta un regard ouvertement méprisant.

— Tu as vraiment perdu la mémoire, Giacomo. Sache qu'il fut un temps où tu te fichais de notre différence de statut social et où tu étais fier de moi et de mon métier !

3.

Louise leva le pied de l'accélérateur pour franchir les grilles du portail monumental marquant l'entrée sur les terres du château Barton.

Un mélange confus d'angoisse et d'excitation courait dans ses veines. Au moins avait-elle réussi à venir jusqu'ici au volant de sa vieille Coccinelle. Giacomo avait insisté pour lui envoyer une voiture avec chauffeur, mais elle avait refusé. Elle ne voulait pas d'une limousine de luxe qui attirerait l'attention. Elle ne voulait rien qui la ramène dans le monde de Giacomo – ce monde auquel elle n'appartenait pas et dont il l'avait délibérément écartée. Et elle préférait avoir sa voiture sous la main pour ne pas se retrouver piégée avec lui sans possibilité de s'échapper, si la cohabitation s'avérait trop compliquée. Son refus de l'accompagner en Italie et de se conformer à son plan initial en jouant la parfaite épouse l'avait manifestement contrarié, ce qui expliquait sa morgue quand elle lui avait demandé ce qu'elle devait apporter. « Rien » avait-il répondu sèchement. Son personnel s'assurerait qu'ils aient de quoi ne pas mourir de faim. « Arrange-toi pour arriver avant midi ! » lui avait-il lancé en quittant le pub.

Louise fit la grimace. Ça commençait mal… Elle avait plusieurs heures de retard.

Elle s'engagea dans la longue allée conduisant au château où ils avaient passé leur premier et unique Noël. De chaque côté, les grands chênes aux branches dépourvues de feuilles dominaient le paysage vallonné. Au-delà, il y avait le lac étincelant sous le soleil de fin d'après-midi autour duquel, jeune mariée, elle s'était promenée avec Giacomo, main dans la main, à l'affût des hérons et des couples de canards avec leurs canetons.

Arrête d'idéaliser le passé !

Elle resserra ses mains gantées sur le volant. Elle s'était habillée chaudement et de façon à donner une image d'elle-même professionnelle et opérationnelle. Mais sous la façade, elle bouillonnait d'émotions conflictuelles à l'idée de ce qu'elle s'apprêtait à faire.

Ce que lui demandait Giacomo était complètement dingue. Et sans doute était-elle tout aussi dingue d'avoir accepté et proposé par-dessus le marché de venir ici en qualité de bonne à tout faire – alors qu'officiellement, elle était toujours son épouse. Toute cette comédie absurde parce qu'il avait besoin d'elle pour retrouver la mémoire. Après quoi, il lui promettait un divorce rapide et sans complications.

Quel romantisme !

À vrai dire, elle avait accepté parce qu'au fond d'elle-même, elle espérait que ces quelques jours avec Giacomo lui permettraient de le chasser définitivement de sa vie et de se convaincre une bonne fois pour toutes qu'il n'était pas pour elle et qu'elle avait bien fait de déserter leur mariage.

Elle jeta un coup d'œil inquiet au ciel qui se couvrait d'épais nuages. Il ne manquerait plus que la neige pour couronner le tout. Louise s'imaginait déjà coincée avec son « très bientôt » ex-époux à l'intérieur du château comme deux fauves en cage, se tournant autour. Pire, elle craignait de ne pas pouvoir lui résister, parce que le plus terrible, c'est qu'elle le désirait toujours autant. Peut-être même plus que jamais.

Depuis qu'ils s'étaient séparés, elle n'avait plus éprouvé

le moindre désir physique. Durant tous ces mois, elle s'était souvent demandé si son corps ressentirait de nouveau quoi que ce soit un jour. Mais quand elle s'était avancée dans le bureau et qu'elle avait vu Giacomo, son corps avait réagi au quart de tour, de manière presque viscérale. Et quand ils étaient assis au pub, le regarder et savoir qu'un jour il avait été à elle, lui avait déchiré le cœur…

Il n'a jamais été véritablement à toi, lui rappela la petite voix impitoyable sous son crâne. Leur mariage n'avait été qu'une solution honorable pour résoudre une complication imprévue. Giacomo n'aurait fait qu'un passage éclair dans sa vie si elle n'avait pas porté son enfant.

Louise sentit les larmes affluer.

S'il retrouvait la mémoire, supporterait-elle de parler de leur bébé qu'elle avait perdu ?

Elle battit des paupières pour refouler ses larmes et prit une profonde inspiration avant de s'arrêter devant l'entrée du splendide château que Giacomo avait acheté avec la même désinvolture qu'un gars qui serait sorti s'acheter une brique de lait.

Avec ses murs de granit, ses fenêtres en encorbellement et ses tours, le bâtiment historique était aussi différent, mais tout aussi extraordinaire que le luxueux appartement milanais, la maison sur la plage à Long Island ou la splendide résidence sur la côte amalfitaine que possédait Giacomo.

Il collectionnait en effet des propriétés un peu partout aux quatre coins du globe. Un jour, lors d'une de ses rares confidences, il lui avait dit que c'était pour compenser toutes les années passées entre les murs délabrés de l'orphelinat où il avait grandi.

Malgré l'impressionnant patrimoine immobilier dont il disposait, Giacomo Volterra avait cependant la réputation d'un nomade, naviguant d'une résidence à l'autre sans avoir de véritable chez soi.

Ne disait-on pas qu'une maison est l'endroit où réside le cœur ?

Giacomo n'avait pas de cœur.

Elle ferait bien de s'en souvenir.

Louise sortit sa valise du coffre et s'avança sous la voûte surplombant l'entrée du château.

Elle n'eut pas le temps de soulever le heurtoir que la lourde porte en chêne s'ouvrit sur la haute silhouette du propriétaire des lieux se détachant contre les murs lambrissés du hall, occupant tout son champ de vision, affolant déjà son pouls. Comme il reculait d'un pas, elle put le voir plus distinctement et le souffle lui manqua. Avec sa chevelure noire étincelante, son avant-bras musclé posé sur l'arche du chambranle, il était l'image même de la virilité et de la puissance, la dominant de toute sa taille, son regard noir impassible fixé sur elle.

Louise sentit la pointe de ses seins se dresser et le désir pulser entre ses cuisses.

— Tu es en retard.

La voix était douce, mais le ton accusateur. S'il s'était agi d'une relation professionnelle normale, elle se serait excusée, arguant de la circulation chargée sur des routes verglacées à la veille de Noël. Mais il n'y avait rien de normal dans leur relation. Elle n'avait pas besoin de faire semblant de se confondre en excuses comme elle le ferait avec un client ordinaire.

— Tu as cru que je ne viendrais pas ?

— Je commençais à croire que tu avais peut-être changé d'avis.

— Ça t'aurait contrarié ?

Percevant la pointe de défi dans sa voix, Giacomo plissa les yeux. Louise était bel et bien une énigme. S'il réussissait à trouver la clé – comme le ferait un cambrioleur avec la combinaison d'un coffre-fort – retrouverait-il la mémoire ?

Dans le doute, cela valait la peine de supporter la présence de cette femme irritante au possible et qui le troublait pour des raisons qu'il ne saisissait pas.

— Je déteste les gens qui ne respectent pas un marché.

Louise haussa les épaules.

— Eh bien, comme tu peux le constater, ce n'est pas mon cas. Je tiens parole. Bon, tu me laisses entrer ou tu me laisses geler dehors ?

Giacomo lui ouvrit grand la porte.

Malgré le retard, il était content de la voir. Plus content qu'il ne s'y attendait. Au point d'oublier qu'il était en bras de chemise et que le soir qui tombait était glacial. Machinalement, il nota que Louise portait le même anorak peu flatteur que l'autre soir au pub. Ses cheveux étaient attachés en queue-de-cheval et cette fois encore, son visage était dépourvu de maquillage. On ne pouvait décidément pas lui reprocher de faire de gros efforts pour lui plaire !

Alors qu'il s'effaçait pour la laisser entrer, il fut surpris par la brusque agression de ses sens quand elle passa devant lui, si proche qu'il perçut son parfum. Le parfum délicat mais envoûtant de la fleur d'oranger qui s'épanouit sous le soleil. C'était la plus subtile et la plus provocante des attaques qu'ait connue sa libido depuis l'accident.

À quand remontait son dernier rapport sexuel avec une femme ? Était-ce avec elle ?

Il referma la porte et la regarda s'avancer au milieu du hall. La lumière dispensée par d'antiques appliques murales était faible, mais suffisante pour qu'il vît la tristesse voiler son ravissant visage tandis qu'elle jetait un regard circulaire.

— Tu es déjà venue ici ?

Louise hocha la tête, incapable de prononcer un mot, la gorge soudain serrée par une boule de chagrin.

Comment avait-elle pu croire qu'elle ne serait pas submergée, bouleversée, par la vague scélérate des souvenirs ?

— Une seule fois, murmura-t-elle.

— S'agissait-il d'une occasion particulière ?

— C'était peu de temps après notre mariage. Nous avons passé notre premier Noël ici. Notre seul Noël.

— Ah.

Retenant son souffle, elle espéra voir chez Giacomo l'étincelle d'un souvenir. À tout le moins, un signe de sa part indiquant que ce qu'elle venait de dire était important. Mais rien.

— Tu trouves qu'il y a eu du changement ? questionna-t-il avec le détachement d'un agent immobilier qui lui demanderait son avis sur des travaux de rénovation exécutés en son absence.

Louise secoua la tête, s'efforçant d'adopter le même détachement.

Ce n'était pas tant les murs dont elle se souvenait, mais ce qui s'y était passé durant ces quelques jours, juste après leur mariage, quand le bonheur dont elle avait rêvé semblait encore possible. Elle qui n'avait jamais connu l'amour, ni de véritable foyer, elle avait cru avoir enfin trouvé les deux. Mais cette promesse de bonheur lui avait été refusée. Distant, froid et souvent absent, Giacomo n'avait pas été le mari qu'elle imaginait. Il ne lui avait jamais ouvert son cœur, et les rares fois où elle avait essayé d'en savoir davantage sur lui, il avait ouvertement coupé court à ses questions comme si elle outrepassait le rôle qui lui avait été assigné.

— Tu ne te souviens pas de notre mariage, Giacomo ?

— Non.

Il y avait quelque chose de si catégorique dans sa réponse que Louise se figea. Elle se rappela la façon dont il l'avait dévisagée quand elle s'était avancée dans le bureau. La façon dont il la dévisageait maintenant… d'un regard vide d'émotion. Il n'y avait ni colère, ni reproche dans ce regard, comme elle l'avait d'abord cru. La raison de ce regard inexpressif était bien plus simple. Et bien plus angoissante.

— Tu ne te souviens pas de moi non plus, c'est ça ?

Giacomo inspira profondément et confirma d'un hochement de tête.

— Absolument rien ? ne put s'empêcher d'insister Louise.

— Tu veux que je te réponde franchement ?

— Évidemment. Sinon, pour quelle autre raison suis-je ici, Giacomo ?

Il sonda Louise un instant de ses yeux noirs, puis exhala un soupir.

— Très bien. La vérité, c'est que tu es une inconnue pour moi. Quand tu t'es avancée dans le bureau, j'ai été surpris. Tu n'étais pas…

— Je n'étais pas *quoi* ?

— Disons que tu n'étais pas celle que je m'attendais à voir. Tu n'es pas le genre de femme que je fréquente habituellement.

Louise éprouva un pincement douloureux dans sa poitrine. À l'avenir, elle devrait faire attention aux questions qu'elle posait si elle ne voulait pas entendre les réponses.

— Comment le sais-tu ? questionna-t-elle prudemment.

— Il y a pas mal de photos sur Internet. Prises pour la plupart par des paparazzis.

Giacomo esquissa une moue sceptique.

— Bizarrement, tu n'apparais sur aucune. Il n'y a pas une seule photo de nous deux. Même pas le jour de notre mariage.

Louise hésita. Sur son téléphone, il y en avait une qu'elle n'avait pu se résoudre à supprimer. Elle pourrait sortir son téléphone et la lui montrer, mais quelque chose la retint – une conscience aiguë de sa propre vulnérabilité alors qu'elle était plantée au milieu du hall, sa petite valise à la main, le cœur blessé.

Il ne se souvenait plus d'elle.

Elle lui montrerait la photo plus tard.

— Ce fut un mariage très discret, précisa-t-elle du bout de lèvres.

Puis, élevant soudain la voix, elle demanda :

— Comment souhaites-tu procéder, Giacomo ? Je te raconte tout ce que je sais sur nous, maintenant ?

— Surtout pas ! C'est exactement ce qu'il ne faut pas faire. Tu penses bien que si j'avais voulu, j'ai les moyens de payer une équipe pour rassembler tous mes faits et gestes de l'année qui s'est effacée de ma mémoire. Mais les médecins me l'ont déconseillé. Il faut que mes souvenirs refassent surface spontanément. Pour cela, tu dois répondre à mes questions aussi sincèrement et objectivement que possible.

Devait-elle en conclure qu'elle n'était pas autorisée à lui rappeler *spontanément* qu'il n'avait été qu'un salaud, un sale égoïste au cœur de pierre, durant leur mariage ? Certes, venant d'elle, ce n'était probablement pas assez objectif.

— Et toi, tu répondras à mes questions, Giacomo ?

Le regard noir étincela.

— Tu y tiens vraiment ?

— Je crois… oui. Cela me permettrait de tourner la page.

— C'est ce que tu veux ?

Elle déglutit.

— Bien sûr.

Prenant brusquement conscience du tic-tac bruyant de l'énorme horloge antique derrière eux et du crépitement lointain d'un feu dans une cheminée, elle secoua la tête comme quelqu'un qui émergerait d'un long sommeil et reprendrait ses esprits.

— En attendant, tu ferais mieux de me dire où je vais dormir.

Le corps de Giacomo se tendit. Un mouvement à peine perceptible, mais ce fut suffisant pour qu'elle le remarque.

Peut-être ne lui était-elle pas si indifférente, après tout, se dit-elle, avant de chasser aussitôt cette pensée inopportune.

Elle devait impérativement garder les pieds sur terre.

— Compte tenu des circonstances, il m'a semblé inutile de t'installer à l'étage des domestiques, répondit Giacomo avec un sourire dénué de chaleur. J'ai fait préparer la suite bleue.

Louise lui glissa un regard méfiant. Le château ne manquait pas de chambres. S'attendait-il vraiment à ce qu'elle accepte de dormir dans la chambre contiguë à la sienne – celle qu'ils avaient autrefois partagée ? Croyait-il qu'elle s'en *ficherait* ? À l'évidence, oui. Il avait le cœur si dur qu'il n'avait même pas conscience de ce qu'il faisait.

Elle releva le menton avec l'air fier d'un petit soldat qui part en guerre et veut être entendu.

— Eh bien moi, il me semble préférable de nous en tenir à nos rôles respectifs tels qu'ils ont été définis. Par conséquent, je préférerais m'installer dans l'une des chambres de bonne.

— Ne sois pas ridicule, Louise. Ce genre de fierté mal placée est absurde.

— À moi d'en juger. Alors, quelle chambre ?

Elle vit la colère brûler dans le regard sombre rivé sur elle.

— Je vais t'y conduire, finit-il par capituler.

— Inutile, je trouverai. Dis-moi seulement si c'est au deuxième ou au troisième étage.

— Non, Louise, répliqua-t-il avec cette fois ce ton inflexible signalant qu'il était temps de sonner la retraite.

Il lui prit sa valise des mains et s'avança vers l'escalier monumental, ne lui laissant d'autre choix que de le suivre.

Tandis qu'ils montaient à l'étage, Giacomo avait du mal à maîtriser son exaspération. Cette fois, c'était Louise qui le prenait au mot. Il l'avait embauchée comme domestique et elle se comportait comme telle. Bon sang, quelle tête de mule ! Avait-elle toujours été aussi bornée ?

Il ouvrit une porte et jeta un coup d'œil circulaire sur la pièce minuscule et austère. Il y avait un lavabo dans un coin, une petite table dans l'autre, une chaise et un lit étroit pour tout mobilier. Les murs blanchis à la chaux étaient nus.

Il entendit Louise inspirer profondément, avant de s'avancer vers la fenêtre pour contempler le paysage qui disparaissait dans l'obscurité à l'arrière du château.

— Tu peux encore changer d'avis, observa-t-il, moqueur.

Louise serra les dents.

— Peu importe où je dors. Je ne suis là que pour quelques jours.

Puis elle se tourna vers lui et l'exaspération de Giacomo disparut, l'affrontement de leurs deux volontés momentanément éclipsé par un tout autre genre de frustration. Il fut brusquement frappé par l'exiguïté des lieux, la proximité de Louise et cette fois encore, par le pouvoir que son parfum discret exerçait sur ses sens. Un pouvoir incroyable. Impensable.

Il avait la bouche sèche. Il avait grandi dans un orphelinat surpeuplé – dans des conditions de promiscuité épouvantables – mais jamais il ne s'était senti aussi claustrophobe qu'en cet instant. Les murs semblaient se rapprocher, se refermer sur eux comme un piège. Et au lieu de se hâter d'en sortir comme aurait dû l'y pousser son instinct naturel, il avait envie de laisser faire. Envie de leurs corps pris en sandwich. Envie de cette délicieuse collision qui ne pourrait se terminer que d'une seule façon – tous les deux sur le lit étroit, s'arrachant leurs vêtements.

Il fixa les lèvres entrouvertes de Louise, tenté de les goûter, tenté de la plaquer contre lui, tenté d'écarter ses cuisses et de se perdre en elle…

Il pressa le pouce contre sa tempe, cherchant à rassembler ses souvenirs.

Quand avait-il cherché pour la dernière fois à prendre du plaisir avec une femme ? Quand en avait-il même eu envie ?

Depuis l'accident, son corps lui faisait l'effet d'une machine qui continuait d'avancer. Une sorte de mécanique dépourvue de sensations. Il avait pourtant de la chance d'être encore en vie, se répétait-il comme un mantra depuis des mois, même si c'était une maigre consolation pour sa perte de mémoire et de libido.

Mais voilà qu'à présent, le désir se ruait dans ses veines comme un torrent de lave. Et sa brûlure était délicieuse.

Louise avait ôté son anorak. Alors qu'elle l'accrochait au portemanteau derrière la porte, il put l'examiner de plus près.

Avec son pull tout simple porté sur une jupe droite arrivant au genou, elle était en effet habillée comme une employée de maison. Il se serait attendu à ce que, par fierté féminine, elle opte pour une tenue plus flatteuse. Cela dit, malgré sa simplicité, la tenue soulignait la courbe de ses hanches et le doux renflement de ses seins. Des seins qu'il avait dû caresser, embrasser… Il ne s'en souvenait pas et c'était terriblement perturbant. Avait-elle été une amante passionnée, s'abandonnant sans retenue ? Dans un coin de son subconscient, il savait que la réponse était « oui ».

Quand elle croisa de nouveau son regard, il vit ses pupilles se dilater et ses lèvres s'entrouvrir, comme si elle prenait acte silencieusement du courant de désir presque palpable qui circulait entre eux.

Comment réagirait-elle s'il la plaquait contre lui et s'emparait de sa bouche ?

Il lâcha un soupir. La situation était déjà suffisamment compliquée comme ça, inutile d'en rajouter. Il était cependant soulagé de constater que son corps était encore capable de réagir. Après des mois de souffrance et d'engourdissement, cette attaque de désir lui rappelait ce que c'était que de se sentir réellement vivant. Mais s'il voulait garder le contrôle de la situation, il devait se ressaisir et se comporter comme si Louise était bel et bien son employée.

— On dîne à 20 heures ? s'enquit-il sèchement.

— Tu n'as pas changé, Giacomo. Quand tu demandes quelque chose, on dirait toujours que c'est un ordre. J'avais oublié.

— Il faut croire que mon côté autoritaire te plaisait, sinon tu n'aurais pas accepté de m'épouser, n'est-ce pas ? Et compte tenu de ton statut d'employée, mon ton est tout à fait approprié.

Il soutint de nouveau son regard, mais cette fois, dans ses prunelles couleur de bleuet, sous le voile du désir, il perçut une indicible tristesse. Et ce fut comme un coup de poignard en pleine poitrine qui lui fit détourner la tête.

Ce n'était pas la douleur endurée quand les chirurgiens avaient réparé ses os brisés. C'était un autre genre de souffrance. C'était celle qu'il prenait soin d'éviter, celle d'une enfance qui continuait de le hanter malgré ses efforts pour l'occulter.

C'était une souffrance émotionnelle.

Pourquoi Louise le regardait-elle ainsi ? Que savait-elle de lui ? Lui avait-il parlé de toute cette noirceur qui avait fait de lui l'homme qu'il était ?

Sans un mot, il quitta la pièce. Mais dans le couloir glacial, il sentit soudain sa peau brûler comme sous l'effet d'un brusque accès de fièvre. Il pressa le pas et dévala les escaliers, poussé par le besoin impérieux de s'éloigner de Louise, conscient du bruit de ses pas qui résonnaient dans la vaste demeure, faisant écho aux battements forts et rapides de son cœur.

4.

Louise se laissa tomber sur le lit. Ses jambes tremblaient tellement qu'elle tenait à peine debout.

Elle avait cru que Giacomo allait l'embrasser. Et pendant quelques secondes, elle avait espéré qu'il s'emparerait de sa bouche avec la même passion qui brûlait dans son regard noir. Elle avait espéré qu'il la prenne dans ses bras, qu'il la plaque contre son corps tendu de désir. Elle avait rêvé qu'il la pousse sur ce lit, qu'il la déshabille avec cette dextérité impatiente dont elle se souvenait si bien.

Comblerait-il ce vide douloureux en elle, s'il la remplissait de sa virilité une fois encore ? S'il s'enfonçait en elle, la possédant jusqu'à ce qu'elle gémisse son nom ?

Peut-être, mais ce serait trop dangereux… émotionnellement parlant, mais pas seulement. Le sexe lui faisait peur. Ou plutôt, ses conséquences la terrifiaient.

Elle ferma les yeux. Elle ne supporterait pas de revivre une telle épreuve.

Giacomo ne se souvenait plus d'elle, ni de leur mariage. Manifestement, il ne se souvenait pas non plus de sa grossesse. Comment pourrait-elle lui parler de la fausse couche et de tout ce qu'elle avait enduré seule, pendant qu'il était à l'autre bout de la terre, si indifférent qu'il n'avait même pas pris la peine de l'appeler ? Comment dissimuler sous des mots les torrents de reproches et d'amertume qui jaillissaient de son cœur brisé à la seule évocation de ces instants ?

Rien ne t'oblige à lui en parler.

Il lui avait clairement fait comprendre que c'était lui qui posait les questions et par conséquent, c'était lui qui imposait les limites. Alors, puisqu'il tenait à ce que ses souvenirs refassent surface spontanément, elle allait jouer le jeu et se protéger par la même occasion.

Rassemblant son courage, elle se leva, se déshabilla, ouvrit sa valise, y rangea soigneusement ses vêtements et prit sa tenue de travail. Elle l'enfila, puis torsada ses cheveux au sommet de son crâne. Une fois prête, elle descendit préparer le dîner.

La cuisine était telle que dans son souvenir. Immense, elle alliait ultramodernité des équipements et charme de l'ancien. Un magnifique vaisselier exposait de délicates faïences italiennes, une longue table en bois patinée par les siècles trônait au milieu de l'espace et, dans le mur, une niche voûtée abritait un vaste évier en pierre. À l'autre bout de la pièce, près de la cheminée, un canapé en cuir, orné de coussins brodés de fraises et de feuillages, apportait une touche de confort à l'ensemble fonctionnel. Tous les ustensiles de cuisine dernier cri imaginables étaient à disposition, conçus pour se fondre autant que possible dans une demeure bâtie à une époque où l'eau courante relevait de la pure sorcellerie.

Louise connaissait le fonctionnement de chaque appareil. Le jour où elle avait franchi le seuil du château au bras de son époux, elle avait demandé que le personnel soit en congé le temps de leur séjour. Parce qu'elle voulait cuisiner pour lui comme une « véritable » épouse, avait-elle expliqué.

Giacomo avait commencé par protester avec un sourire indulgent, mais il avait fini par accéder à sa requête et elle se souvenait encore du plaisir et du sentiment de triomphe qui l'avaient envahie. Elle s'imaginait alors qu'elle pourrait lui offrir une vie plus *normale* - une illusion qui s'était vite dissipée, quand elle avait compris que Giacomo était celui qui décidait de tout.

Elle était cependant consciente d'avoir contribué à cet état de fait. Émerveillée qu'un homme tel que lui ait fait d'elle son épouse, elle s'était laissé envoûter, submerger, dominer, par sa forte personnalité. Elle n'avait pas cherché à lutter.

Réprimant un soupir, elle ouvrit le réfrigérateur et les placards. Il y avait là de quoi cuisiner des plats dignes d'un restaurant étoilé. Mais ce qu'elle avait prévu pour ce soir, c'était un plat tout simple qui rappellerait peut-être à Giacomo ce passé qu'il désirait tant retrouver. Elle allait préparer des pâtes fraîches.

Elle versa la farine dans un saladier, ajouta les œufs et mélangea le tout avec les doigts. Il y avait une éternité qu'elle n'avait pas exécuté cette recette. Le mouvement rythmique de ses doigts sur la pâte était apaisant et réconfortant. Il lui donnait l'étrange sentiment d'appartenir à la lignée des générations successives de femmes qui avaient préparé ce plat traditionnel au fil des siècles entre ces murs.

Elle concocta une sauce tomate, cisela du basilic, râpa du parmesan sur une assiette et, peu avant 20 heures, alla allumer des bougies dans la plus petite des salles à manger du château.

Dehors, le vent hurlait. Elle s'avança vers la fenêtre donnant sur le parc vallonné. La lune était voilée et le ciel chargé d'épais nuages. Le souvenir du Noël passé ici, seule avec Giacomo, dans l'immense demeure isolée par la neige, lui amena les larmes aux yeux.

Elle se détourna et alla remettre une bûche dans la cheminée. Quelqu'un avait pensé à y allumer un feu – probablement Giacomo. Puis elle mit la table. Les reflets du cristal et de l'argenterie sur le bois ciré conféraient à la pièce un sentiment de permanence en totale contradiction avec la versatilité de ses émotions.

— Louise ?

Perdue dans ses pensées, elle sursauta si violemment en entendant son prénom que le couteau qu'elle tenait lui échappa des mains.

Lentement, elle se retourna, impuissante à contrôler le désir fulgurant qui la traversa en voyant Giacomo s'avancer dans la pièce.

Il portait une chemise de lin blanche dont le col ouvert dévoilait sa peau bronzée. Un pantalon gris anthracite, coupé sur mesure, venait compléter sa tenue.

À distance, elle perçut l'odeur de son savon et sa bouche devint sèche sous l'assaut des souvenirs… Tous deux nus sous la douche, les doigts de Giacomo entre ses cuisses et elle, étouffant ses cris de plaisir contre son épaule.

— Tu t'es changé, dit-elle, réalisant trop tard que c'était une remarque bien trop familière pour une employée.

— Toi aussi, commenta-t-il en détaillant ostensiblement son pantalon de coton noir et sa blouse rose. Mais tu sembles avoir pris le concept de s'habiller pour dîner au sens moins littéral du terme.

— Je suis ici pour servir, Giacomo. Pas pour dîner.

— Bien sûr que si, Louise. Tu vas dîner avec moi.

Elle secoua la tête.

— Tu te trompes. Je ne dînerai pas avec toi.

— Pourquoi ? questionna Giacomo d'un air détaché en s'asseyant à une extrémité de la table.

La lumière des chandeliers jetait des ombres sur son visage, soulignant la cicatrice qui altérait la perfection de ses traits. Et le plus dingue, c'est que Louise le trouvait encore plus désirable. Sans doute parce qu'elle était restée chaste trop longtemps, essaya-t-elle de se rassurer.

Sentant ses seins se dresser sous le tissu de sa blouse, elle espéra qu'il ne le remarquerait pas et se força à répondre à sa question.

— Parce que je suis ici en tant qu'employée et que je ne mange jamais avec le client.

— Certes. Mais je t'ai embauchée dans un but bien précis et j'ai des questions à te poser. Je ne vais pas t'interroger à la va-vite entre les plats, pendant que tu grignotes un sandwich en cuisine.

— Ne t'emballe pas, il n'y a qu'un seul plat, rétorqua-t-elle avec un petit sourire provocant.

— Dans ce cas, pourquoi ne pas mettre un couvert pour toi ?

— Encore une question qui ressemble à un ordre. Ai-je le choix, Giacomo ?

— Non, Louise. Je ne crois pas.

Il la vit pincer les lèvres avant de tourner les talons. Dans ses prunelles bleues, il avait vu la colère remplacer le désir qui les avait assombries un instant plus tôt. Un désir manifeste qui avait fait dresser ses seins sous sa blouse et déclenché chez lui une érection presque douloureuse.

Ce brusque réveil de sa libido pouvait-il expliquer la violente attirance physique qu'il éprouvait pour Louise ? Il avait commencé à fantasmer sur ce qu'il aimerait bien lui faire et ce qu'elle pourrait lui faire. Il se demandait quel genre de sous-vêtements elle portait. Il se demandait si elle criait quand elle jouissait. Ces informations, il les avait certainement, mais elles étaient enterrées dans les recoins de son esprit, là où s'arrêtaient ses souvenirs.

Aurait-il dû se sentir coupable d'avoir des pensées aussi indécentes ? Sans doute. Pourtant, il ne ressentait rien de tel. Après tout, désirer sa propre femme n'était pas un péché, même si vous ne vous souveniez pas l'avoir épousée.

Il contempla le feu dans la cheminée. Ce soir, pour la première fois depuis bien longtemps, il n'éprouvait pas le besoin de sortir son téléphone pour suivre le cours des marchés monétaires internationaux et des actions de son empire financier. La seule chose qui occupait son esprit, c'était Louise – cette inconnue aux yeux couleur de bleuets…

Elle revint avec un plateau qu'elle s'affaira à décharger à gestes rapides et efficaces sur la table, comme si elle avait hâte d'en terminer avec ce repas. Et avec lui. Ce n'était pas très sympa, mais son attitude frondeuse ne faisait qu'attiser le désir qui courait dans ses veines.

— Je te sers de l'eau ou du vin ?

Il secoua la tête. Son médecin lui avait conseillé d'éviter l'alcool pour ne pas compromettre ses chances de retrouver la mémoire. Et il ne voulait surtout pas prendre le risque de perdre le contrôle de la situation, ne serait-ce qu'une seconde. Il désigna le verre devant lui.

— Juste de l'eau.

Avec un soupir ostensible, Louise mit son propre couvert et remplit leurs verres avant de s'asseoir et de pousser le plat vers lui. Le parfum riche du basilic et des tomates le ramena à Milan, sa ville natale, lui offrant ce que sa fortune colossale lui avait enlevé – la simplicité. Ce plat de pâtes fraîches était tout simplement divin. Il savoura la première bouchée avant de relever les yeux sur Louise. Elle l'observait à travers ses longs cils noirs. Une fois de plus, elle ne portait aucune trace de maquillage.

Une image aux contours flous lui traversa l'esprit. Aussi discrète qu'une plume emportée par le vent. Il tenta de la retenir, mais plus il se concentrait pour la ramener à la surface de sa mémoire, plus elle lui échappait. Il finit par renoncer.

— Excellent. Où as-tu appris à préparer des pâtes aussi délicieuses ?

— J'ai appris la cuisine en autodidacte, dans les livres et sur Internet.

Elle but une gorgée d'eau.

— Mais il me semble inutile d'encombrer ta mémoire avec ce genre de détails…

— À mon tour d'en juger, Louise. Comment as-tu débuté dans la restauration ?

— C'est un entretien d'embauche ?

— Cesse de discuter et réponds à ma question. S'il te plaît, ajouta Giacomo d'une voix douce.

Et quand il parlait de cette voix-là, Louise le connaissait suffisamment pour savoir qu'il valait mieux hisser le drapeau blanc. Elle capitula avec un petit haussement d'épaules.

— J'ai commencé à travailler dans des hôtels et des restaurants dès l'âge de seize ans. Au bout de quelques années, j'ai réussi à décrocher un poste chez le traiteur où j'ai toujours travaillé depuis – sauf quand j'étais ton épouse, bien sûr.

Elle lut la question dans le regard noir rivé sur elle.

— Tu ne voulais pas que je travaille, précisa-t-elle. Ni que je cuisine. Selon toi, ce n'était pas une tâche digne de l'épouse d'un homme de ton rang. Tu payais des domestiques pour cela.

Giacomo enregistra la pique avec une grimace.

— Cela peut sembler très méprisant de ma part.

— Je ne te le fais pas dire.

— Nous nous sommes rencontrés dans le cadre de ton travail ?

— Évidemment. Je n'allais pas te croiser dans une soirée mondaine.

— Parle-moi de notre rencontre.

— Est-ce bien nécessaire ?

— Je crois, oui. Le marché entre nous, c'est que tu répondes à *toutes* mes questions.

Le ton était aimable, mais son regard était d'acier. Sous son calme apparent, Giacomo dissimulait son irritation. Louise disposait d'informations sur lui. Sur eux. Des informations qu'il n'avait pas et qui le mettait en position d'infériorité. Une situation difficilement supportable pour un homme comme lui, habitué à tenir les commandes.

Il y eut un silence, mais Louise avait perçu l'intonation inflexible dans sa voix.

— Tu participais à un dîner d'affaires privé à Londres dont j'assurais le service.

— Quand ?

— Fin août, il a deux ans. J'étais en train de te servir et je me souviens que j'avais surtout très peur que tu remarques la tache sur mon chemisier que je n'avais pas réussi à nettoyer.

Louise lâcha un petit rire nerveux.

— C'est drôle, ce sont toujours des détails insignifiants dont on se souvient, n'est-ce pas ?

— Que s'est-il passé ? questionna Giacomo, ignorant sa tentative pour s'éloigner du sujet.

— Tu m'as regardée.

— Je t'ai regardée, répéta-t-il lentement en levant un sourcil interrogateur. Et ?

— Et je t'ai regardé.

Giacomo se surprit à esquisser un sourire.

— Tout ceci semble très prometteur, Louise. Mais tu vas devoir me donner un peu plus de détails.

Le ton était ironique.

Louise enfonça les ongles dans ses paumes. Comment expliquer cette attirance irrépressible entre deux êtres aussi différents, ce courant incroyablement puissant qui avait grésillé entre eux ?

En le regardant maintenant, il était difficile de croire qu'un tel homme ait pu s'enticher d'elle et encore moins qu'il ait pu passer tant de nuits dans le minuscule studio qu'elle louait sous les toits d'un vieil immeuble. Pourtant, il lui avait souvent paru plus naturel et détendu dans cet espace exigu que dans la luxueuse suite d'hôtel qu'il réservait à l'année pour ses séjours à Londres et dans laquelle il l'avait emmenée de temps en temps.

— Nous ne pouvions détacher les yeux l'un de l'autre, reprit-elle. L'un de tes collègues en a fait la remarque et tu as répliqué que ce serait faire offense à une jolie femme que de ne pas la regarder.

Jamais personne ne lui avait dit qu'elle était jolie. C'était très certainement l'une des raisons pour laquelle elle s'était laissé ensorceler par Giacomo Volterra.

— Quand j'ai eu terminé mon service, tu m'attendais dehors dans une voiture. Tu as proposé de me déposer chez moi…

— Je suppose que tu as accepté.

Il inclina la tête sur son épaule, la jaugeant de ses yeux noirs, avant de demander sans détour :

— Nous avons couché dès le premier soir ?

Elle rougit et s'en voulut. Pourquoi devrait-elle avoir honte de ce qui lui avait semblé si naturel, si inéluctable qu'elle n'avait pas songé une seconde à repousser Giacomo ?

Elle aurait tout de même préféré qu'il n'en parle pas de façon aussi terre à terre. Comme s'il s'agissait d'un acte purement biologique. Ce qui était vrai. En tout cas, pour lui.

— Oui, murmura-t-elle.

— C'était fréquent ?

— Que veux-tu dire ?

— Tu le sais très bien, Louise. Avais-tu l'habitude d'accepter que des clients te raccompagnent jusque dans ton lit ?

Piquée au vif, Louise reposa son verre si violemment que l'eau gicla sur la table. L'insulte avait le mérite de lui rappeler à quel point Giacomo pouvait être brutal et méprisant.

— J'avais oublié que dans l'esprit rétrograde de quelqu'un comme toi – qui aurait dû vivre à l'âge de pierre – la règle n'est pas la même entre les hommes et les femmes. Mais je pourrais te retourner la question. Tu avais l'habitude de t'envoyer en l'air avec la serveuse dès que tu sortais dîner ? En tout cas, de mon côté, sache que ce n'était pas mon genre.

Elle faillit lui dire qu'il avait été le premier, et le *seul* homme avec lequel elle ait jamais couché. Mais c'était une précision qui ne le regardait pas. Inutile d'alimenter davantage son ego déjà surdimensionné. Elle lui en avait déjà assez dit.

— Alors, pourquoi as-tu couché avec moi ?

Il avait l'air surpris.

— Que crois-tu Giacomo ? Ne me dis pas que l'expérience était nouvelle pour toi. Tu es un séducteur-né, tu le sais très bien. Un véritable expert dans l'art du baiser. Je n'ai pas pu te résister.

— Insinuerais-tu que j'ai abusé de toi ?

— Pas du tout. Nous étions juste attirés l'un par l'autre. Il n'y avait aucun rapport de force, aucune différence entre nous.

Cette nuit-là, seulement. Tout de suite après, Louise avait réalisé l'ampleur du fossé entre eux. Pas seulement parce qu'elle était vierge et qu'il était un amant expérimenté, mais aussi parce qu'il était l'un des hommes les plus riches de la planète. Elle avait vite appris qu'on attendait d'une serveuse arrachée à l'obscurité pour être catapultée dans le monde des milliardaires, qu'elle se conduise d'une certaine façon. Plus précisément, qu'elle rentre dans le moule et ne fasse pas de vagues. Elle avait aussi très vite compris qu'elle n'était qu'un élément insignifiant des rouages complexes de la vie d'homme d'affaires de Giacomo Volterra. Après avoir été l'objet de son désir, elle était devenue quasiment transparente.

— Tu veux dire que nous sommes tombés *amoureux* ?

L'incrédulité dans la voix de Giacomo en disait long sur

ce qu'il pensait de l'amour. À ses yeux, c'était un sentiment qui n'existait pas et elle pouvait le comprendre – les rares confidences qu'elle avait réussi à lui arracher sur son enfance lui avaient fendu le cœur. Évidemment, il n'avait jamais dit qu'il l'aimait et les quelques fois où elle n'avait pu s'empêcher d'exprimer tout haut ses sentiments pour lui, il avait tiqué comme si elle venait de commettre un faux pas.

Elle baissa les yeux sur son assiette à laquelle elle n'avait toujours pas touché. Elle était tentée de lui dire pour le bébé, mais les mots restaient bloqués dans sa gorge tant la blessure était encore vive. Il était aux États-Unis quand s'étaient manifestés les premiers symptômes annonciateurs d'une fausse couche. Prévenu par le médecin, il n'avait pas pour autant interrompu son voyage d'affaires pour être auprès d'elle. Il n'avait même pas pris la peine de l'appeler. Il ne lui avait apporté aucun soutien, aucune consolation. Quand il était rentré à Milan, elle avait perdu leur bébé et elle était déjà sortie de l'hôpital. Ce soir-là, il l'avait observée depuis l'autre bout de l'immense table de salle à manger.

Et elle se souvenait très exactement de ce qu'il lui avait dit.

La gorge soudain serrée par le chagrin, Louise repoussa son assiette, tout en essayant de se raccrocher au positif, même si le fil était ténu… Ils avaient vécu ensemble des moments merveilleux. Au moins, au début. Giacomo ne l'avait peut-être pas épousée uniquement à cause de cette grossesse imprévue ou parce que lui-même n'avait jamais connu son père. Après tout, on était au XXIe siècle et rien ne l'obligeait à passer par la case mariage pour reconnaître l'enfant qu'elle portait alors. Peut-être l'avait-il épousée parce qu'en dépit de son incapacité à les exprimer, il éprouvait de véritables sentiments pour elle… Elle se l'était souvent répété – même si avec la meilleure volonté du monde, elle avait du mal à le croire.

— Disons que le courant passait bien entre nous,

répondit-elle avec une moue faussement détachée. Tu disais que je te faisais rire, ce qui était rare. Mais tu disais aussi que tu ne voulais pas d'une relation durable, ni sérieuse. Que tu ne voulais pas me donner de faux espoirs.

Louise haussa les épaules.

— Pourtant, tu continuais à venir me voir.

— J'étais accro ? questionna Giacomo.

Elle rougit.

— Je suppose. Tu prétendais ressentir pour moi une faim que rien ne pouvait apaiser. Et puis un beau jour, tu as déclaré : *Il serait peut-être temps que je me marie.*

Elle lâcha un petit rire forcé.

— Comme si le mariage faisait partie de ta « *to-do list* ». Dans la mesure où tu aimais bien discuter avec moi, tu espérais peut-être inconsciemment que j'exercerais une sorte de rôle thérapeutique. Encore eut-il fallu que tu veuilles bien me parler de toi. Ce que tu n'as jamais fait.

— C'est vrai, confirma Giacomo d'une voix plate.

— Bien…

Louise se leva, consciente du léger tremblement de ses mains.

— Je pense que c'est suffisant pour ce soir. J'ai des choses à faire en cuisine.

— Louise, assieds-toi s'il te plaît.

S'imaginait-il qu'elle allait se mettre au garde-à-vous dès qu'il claquait des doigts ?

— Non, répliqua-t-elle en élevant la voix. Je ne m'assiérai pas. Je ne suis pas à tes ordres, Giacomo. Je veux bien t'aider, mais pas à n'importe quel prix. Ce genre de séance n'est peut-être pas pénible pour toi, mais pour moi, ça l'est. C'est très… difficile.

Sans attendre de réponse, elle prit le plat de pâtes qui refroidissait et s'empressa d'opérer une retraite stratégique vers la cuisine. Elle jeta les restes dans la poubelle et frotta le plat avec rage tout en battant des cils pour refouler ses larmes.

Soudain, elle perçut sa présence derrière elle et tout son corps se raidit. Elle ne l'avait pas entendu entrer.

— Louise.

Elle ne voulait pas de lui ici. Son ton gentil, elle n'en voulait pas non plus. Parce que ce n'était qu'une fausse image de l'homme qu'il était réellement. Elle ferma les yeux.

— Va-t'en, chuchota-t-elle.

— C'est ce que tu veux ?

Elle aurait pu répondre oui. Elle aurait dû répondre oui. Mais la voix de Giacomo était comme du velours et soudain, Louise fut submergée par le souvenir de la douceur de ses baisers. Le souvenir de ses lèvres qui avaient le pouvoir d'effacer toute pensée rationnelle de son esprit pour ne laisser place qu'au désir. Un désir aveuglant, incandescent. Elle avait envie de Giacomo, mais ce serait mal. Cette fois-ci, elle ne pourrait justifier ce désir par l'attrait de la nouveauté et de l'émerveillement qui l'avait saisie à la seconde où leurs chemins s'étaient croisés. Cette fois-ci, elle ne pourrait prétendre que c'était autre chose qu'un simple désir charnel qui allait la dévorer de l'intérieur et réduire son cœur en miettes.

Elle laissa échapper un soupir. Elle devait se ressaisir, se débarrasser de cette faiblesse qu'elle avait en elle. Penser à ce qui était important.

Avoir un baiser de Giacomo ne figurait pas sur cette liste.

— Ne me demande pas ce que je veux, dit-elle en se retournant vers lui, le dos contre l'évier. Dans la situation actuelle, c'est malvenu et c'est gênant.

— J'essaie juste de comprendre, Louise.

— Comprendre *quoi,* exactement ?

Il y avait du défi dans son ton, un défi qu'il aurait autrefois réprimé sans pitié. Mais aujourd'hui, il avait besoin de son aide pour pouvoir aller de l'avant. Et même si Louise était incapable de dissimuler l'attirance qu'elle éprouvait encore pour lui, elle était aussi très en colère. Presque *amère*. Il est vrai que certaines choses qu'elle avait dites ce soir donnaient de lui l'image d'un homme difficile, irascible, bourré de préjugés. Avant elle, il n'avait sans doute jamais essuyé de reproches de la part du sexe opposé. C'était même plutôt l'inverse. Les femmes étaient toutes folles de lui.

Mais ensuite, il avait rencontré Louise et il l'avait épousée. Comme il tendait la main pour la poser sur son bras, elle tressaillit. Cette caresse innocente déclencha une vague de quelque chose d'indéfinissable entre eux.

— Tout, dit-il simplement. Je veux tout comprendre.

Louise resta figée sur place, aussi vulnérable que la première fois qu'il l'avait caressée, même si à présent ce n'était rien de plus que la légère pression de ses doigts sur sa peau.

L'alchimie n'avait pas disparu. Le désir la consumait dès que la chair de Giacomo entrait en contact avec la sienne, en dépit de l'apparente innocence du geste. Il lui donnait envie d'aller plus loin, de se glisser entre ses bras et d'y rester. Le désir l'enveloppait, la poussant vers lui. Le changement d'atmosphère entre eux était perceptible. Et elle imaginait sans peine ce qui pourrait se passer si elle s'abandonnait à l'instant. Giacomo l'attirerait contre lui pour l'embrasser. Leur baiser deviendrait vite hors de contrôle. Il déboutonnerait son chemisier et parcourrait son décolleté du bout des doigts, avant d'exciter la pointe de ses seins à travers la dentelle du soutien-gorge. Il la renverserait sur la vieille table de cuisine patinée par les ans et… Et après ? Lui ferait-il l'amour sur cette table sans plus de préliminaires – avec elle fébrile et impatiente de s'ouvrir à lui, de se laisser posséder, envahir ? Ce ne serait pas la première fois.

Un lambeau de lucidité vint brutalement l'arracher à ses pensées. Des pensées dangereuses. Avait-elle perdu la tête ou bien était-elle tout simplement programmée pour réagir ainsi dès que cet homme la touchait ? La première fois qu'elle l'avait rencontré, elle s'était comportée de façon impulsive. Elle ne répéterait pas l'erreur. Elle ne se laisserait pas ensorceler.

Plus maintenant.

Plus jamais.

À moins qu'elle ne veuille de nouveau se faire piétiner le cœur.

Vivement, elle se déplaça de l'autre côté de la pièce. Une fois en sécurité, à distance raisonnable de Giacomo, elle réussit à forcer un sourire détaché sur ses lèvres.

— Eh bien, bonne chance, lança-t-elle comme si de rien n'était. *Tout* comprendre, c'est beaucoup demander, Giacomo. Mais s'il existe sur terre un être capable de le faire, c'est sûrement toi.

— Ta confiance me touche, Louise.

Leurs regards se heurtèrent.

— Tu veux un café ? proposa-t-elle tandis que la réalité se réajustait d'elle-même et qu'elle le regardait à nouveau avec les yeux d'une employée de maison, plutôt qu'avec ceux d'une épouse blessée.

— Avec plaisir, répondit Giacomo, le regard étincelant. Tu veux bien l'apporter dans mon bureau ?

5.

Giacomo n'arrivait pas à trouver le sommeil.

Il se tournait et se retournait au milieu des draps froissés depuis des heures, incapable de se libérer du sentiment de…

Il roula sur le dos, le regard au plafond.

De quoi, exactement ?

Il n'était sûr de rien. Tout était si confus…

Hier soir, il avait eu envie de posséder son épouse, là, dans la cuisine, mais il s'était contenu. En dépit du puissant courant sexuel qui circulait entre eux, Louise non plus n'avait pas craqué. Elle s'était d'abord éloignée à l'autre bout de la pièce, puis elle l'avait observé d'un œil prudent. Pourquoi se méfiait-elle de lui ? Avait-il été cruel avec elle – consciemment ou non ?

Mais ce qui le préoccupait dans l'immédiat, ce n'était pas tant son problème de mémoire que les exigences immédiates de son corps. La douche froide n'avait pas réussi à apaiser le désir violent, presque douloureux qui le consumait, pas plus que les heures de travail sur des dossiers qui auraient pu attendre jusqu'après Noël. Il n'avait jamais connu une telle frustration sexuelle de toute sa vie.

Un sourire ironique étira ses lèvres. L'expérience avait peut-être du bon, après tout.

Il se revit immobilisé sur un lit dans cette luxueuse clinique suisse. Une foule d'ex-amantes avaient repris contact avec lui et pendant quelques jours, il avait lu leurs courriels et écouté leurs messages téléphoniques. C'était des femmes qu'il avait fréquentées avant son mariage et dont il se souvenait parfaitement. Des blondes aux corps de rêve qui promettaient le paradis. L'une d'elles lui avait envoyé une carte de vœux de prompt rétablissement dans laquelle elle proposait très explicitement de se faufiler dans la clinique pour lui offrir ses services sexuels. La proposition l'avait scandalisé et les autres l'avaient laissé de marbre. Toutes sans exception. Si bien qu'il avait supprimé tout contact avec ses précédentes conquêtes. C'est alors qu'il avait découvert son mariage clandestin avec une certaine Louise Greening et demandé à son assistant de la retrouver. Bizarrement, c'est presque à contrecœur que Paolo lui avait donné les renseignements nécessaires pour la localiser. Il avait aussi ajouté quelque chose d'étrange.

Ne lui faites pas de mal, patron.

Giacomo s'était d'abord indigné d'une telle remarque. Comme s'il était le genre d'hommes à faire du mal à une femme ! Ce n'était pas sa faute si certaines refusaient d'accepter les limites émotionnelles d'une relation qu'il prenait toujours soin de fixer dès le départ pour ne pas leur donner de faux espoirs. Mais Louise, cette femme qu'il avait épousée… elle avait dû être bien plus qu'une amante. Il fronça les sourcils. Qu'avait-elle donc de si spécial cette petite brune, têtue comme une mule, qui éveillait en lui un désir brûlant ?

Se remémorant l'instant où il avait posé la main sur son bras, il éprouva de nouveau cette sensation de malaise aigu comme si quelque chose de sombre allait surgir. Mais une fois de plus, ce fragment de mémoire lui échappa.

Renonçant à dormir, il attendit les premières lueurs de l'aube pour se lever. Il alla à la fenêtre. La neige attendue n'était pas tombée et il en était soulagé. Depuis l'accident, la vue de la neige l'oppressait. Il avait toujours ces *flash-back* d'étendues d'un blanc immaculé sur lesquelles fleurissaient les taches écarlates de son propre sang après l'accident.

Il s'habilla et descendit à la cuisine se préparer un café. Puis il glissa son PC portable dans son attaché-case. L'horloge dans le hall sonna 8 heures. Il était en train d'enfiler son manteau quand il entendit le pas léger de Louise dans l'escalier.

— Oh ! dit-elle.

Elle s'immobilisa à mi-chemin, brusquement transformée en statue.

— Tu sors ?

Giacomo leva les yeux sur elle, tout en s'exhortant à un minimum de détachement. Mais comment réussir quand son immobilité soudaine lui permettait de la contempler tout à loisir ? Ses cheveux bruns, enroulés en chignon sur sa nuque, avaient la nuance riche et profonde du chocolat, et il mourait d'envie d'ôter les épingles qui les retenaient pour y plonger les doigts. Tout comme il mourait d'envie de déboutonner son horrible blouse rose d'employée de maison pour caresser son corps menu aux courbes délicieuses. Des courbes qui l'électrisaient.

— Bien vu. Tu devais être flic dans une autre vie, ironisa-t-il pour masquer son trouble.

Ignorant le sarcasme, Louise acheva de descendre l'escalier et vint se planter sous son nez, les mains sur les hanches.

— C'est juste que tu m'as fait venir ici pour discuter et qu'il nous reste seulement trois jours.

— Tu aurais dû y penser, hier matin, et faire en sorte d'arriver plus tôt comme je te l'avais demandé. Nous aurions gagné une journée. Mais ce qui est fait est fait. Je dois prendre le train pour Londres. Je ne peux pas annuler.

— La veille de Noël ?

Elle plissa les yeux et les mots jaillirent sur ses lèvres sans qu'elle puisse les retenir.

— Un rencard à déjeuner de la plus haute importance, j'imagine.

— Non, c'est le seul jour où j'ai pu obtenir un rendez-vous avec mon médecin, répondit Giacomo avec un sourire pincé.

Momentanément décontenancée, Louise se reprit rapidement.

— Normal. La plupart des gens préparent le réveillon de Noël.

— Une chance que je ne sois pas comme la plupart des gens ! railla Giacomo.

Il vit soudain l'inquiétude grandir dans les prunelles bleues posées sur lui.

— C'est vrai que tu as l'air fatigué, marmonna Louise avant de se mordre la lèvre inférieure. Excuse-moi. Ce ne sont pas mes affaires.

— Je dois avouer que je n'ai pas pu fermer l'œil de la nuit. Je me demande bien pourquoi, répondit Giacomo d'une voix doucereuse. D'habitude, je dors comme un bébé.

Il vit avec satisfaction l'allusion au désir sexuel qui avait grésillé entre eux faire mouche. Louise pâlit et ses yeux se voilèrent. L'espace d'une seconde seulement.

— Dois-je te préparer un petit déjeuner avant que tu partes ? s'enquit-elle, l'air faussement servile.

Giacomo consulta sa montre. Après tout, autant s'absenter toute la journée si elle avait décidé de faire du mauvais esprit.

— Je m'en passerai. Mon taxi sera là d'une minute à l'autre. Je serai de retour en fin d'après-midi, précisa-t-il en ouvrant la porte, le regard soudain attiré par le halo blanc qui enveloppait à présent le paysage.

— *Dannazione*, jura-t-il entre ses dents. Il neige.

Après son départ, Louise gagna la cuisine, l'esprit en pleine confusion – incapable d'oublier ce moment troublant entre elle et Giacomo, la veille, dans cette même pièce. Et la remarque de Giacomo, ce matin, sur sa capacité à dormir comme un bébé n'avait fait qu'ajouter à son désarroi. Sans le savoir, il avait retourné le couteau dans son cœur. Il ne se souvenait pas de leur bébé, mais le plus douloureux c'était le souvenir de son indifférence à l'égard du petit être qui avait grandi en elle pendant près de quatre mois. Il n'avait pas voulu discuter des prénoms, ni même de l'aménagement d'une chambre d'enfant dans son appartement de Milan.

Elle s'avança vers la fenêtre et regarda un instant le vent et la neige balayer le ciel. Elle n'était pas ici pour ressasser le passé et s'apitoyer sur elle-même. Elle était ici pour aider Giacomo à retrouver la mémoire. Et le plus vite possible. Alors, elle ferait mieux de réfléchir au meilleur moyen d'y parvenir.

Elle se versa une tasse du café qu'il avait préparé et, soudain songeuse, mit une tranche de pain dans le toaster.

L'autre jour, au pub, il avait dit quelque chose qui lui donnait peut-être une idée.

Je ne suis pas fan des fêtes de fin d'année.

Elle le savait. Et elle savait pourquoi. Peu de temps après leur mariage, il lui avait confié que Noël était la période qu'il détestait le plus à l'orphelinat. Parce que c'était le moment de l'année où les cadeaux affluaient pour ces pauvres gamins seuls au monde. Mais lui ne voulait pas de la pitié des gens et encore moins de leur charité.

Il lui avait donné ce rare aperçu de lui-même et de son passé d'un ton ferme et catégorique, signifiant clairement qu'il ne voulait pas entendre parler des fêtes de fin d'année. Mais lors de leur premier Noël de couple marié à Barton, Louise était si excitée qu'elle l'avait supplié pour avoir un vrai sapin de Noël. Et Giacomo s'était montré indulgent. Il l'avait embrassée et lui avait donné carte blanche.

C'était d'ailleurs la seule fois où elle avait véritablement profité de son statut d'épouse de milliardaire. Elle était entrée dans les boutiques les plus chics du quartier huppé de Knightsbridge et, telle une gamine dans un magasin de bonbons, elle avait laissé libre cours à son imagination et acheté des décorations de Noël sans regarder à la dépense. Pendant ce temps, Giacomo avait lui aussi fait ses emplettes de Noël. À une branche du sapin, il avait accroché pour elle une chaîne de vermeil délicatement ciselée, portant une étoile de Bethléem en diamants. Elle l'avait laissée derrière elle quand elle avait quitté Giacomo. Elle avait laissé derrière elle tous les bijoux qu'il lui avait offerts.

Elle se demanda s'il avait gardé les décorations. Sans doute avait-il effacé toute trace de sa présence en les donnant aux bonnes œuvres locales. Cela dit, il n'y avait pas de mal à jeter un coup d'œil. Si elle ne trouvait rien, elle pourrait toujours descendre au village voir ce qui restait en rayon.

En recréant l'ambiance du Noël passé ici avec Giacomo, peut-être réussirait-elle à raviver sa mémoire.

Elle but son café et monta à l'étage. Elle devait d'abord s'occuper de la chambre du propriétaire des lieux, comme le ferait toute bonne employée de maison. Plus facile à dire qu'à faire quand il s'agissait de la chambre qu'elle avait un jour partagée avec Giacomo, du lit dans lequel il lui avait appris à explorer sa sensualité, l'enveloppant de plaisir, transformant son innocence en un enchantement ininterrompu qui, jour après jour, avait renforcé son amour pour lui.

Elle entra dans la chambre, s'attendant à être assaillie par un flot d'émotions – l'humiliation, l'amertume, la colère ou même la gêne – mais rien ne vint qu'un douloureux sentiment de regret, tandis qu'elle tirait les draps de lin sur le lit. Peut-être parce qu'elle avait laissé Giacomo repousser son amour sans chercher à résister. Elle n'avait pas eu le courage de lutter…

Il était trop tard à présent. Les regrets étaient inutiles.

Elle astiqua la salle de bains jusqu'à ce que chaque surface étincelle. Après quoi, elle partit explorer les chambres voisines en quête des décorations de Noël, sans vraiment y croire.

Elle avait tort.

Dans le dressing de la dernière chambre au bout du couloir, elle découvrit plusieurs boîtes en carton portant le logo des boutiques de Knightsbridge. Mais ce qui la stupéfia, ce fut ce qu'elle vit au fond du dressing.

Incrédule, elle écarquilla les yeux.

Des vêtements – *ses* vêtements – étaient suspendus en une ligne parfaitement ordonnée.

Les doigts tremblants, elle effleura le manteau en cachemire, les robes, une veste en velours… Elle les avait laissés ici parce qu'elle pensait revenir – durant ce court laps de temps après le mariage où tout semblait encore possible. Mais ce bonheur lui avait été refusé et elle n'était jamais revenue. Jusqu'à aujourd'hui.

Il y avait ses chaussures aussi – soigneusement rangées dans des boîtes – et dans les tiroirs, la lingerie fine, les soutiens-gorge et les petites culottes assorties en dentelle qui lui donnaient l'impression d'être une dévergondée quand elle les portait… et encore plus dévergondée quand Giacomo les lui retirait lentement avec un léger sourire aux lèvres.

Pourquoi les avait-il gardés ? Pour s'accrocher aux vestiges d'un passé qu'il disait avoir oublié ?

Elle avait déserté leur brève vie de couple en emportant très peu de choses quand elle avait quitté Milan. Les quelques vêtements de grands couturiers dans sa valise, elle les avait vendus en arrivant en Angleterre pour subvenir à ses besoins, le temps qu'un poste se libère chez le traiteur pour lequel elle avait déjà travaillé. Elle s'était vite aperçue que les accessoires d'une épouse de milliardaire étaient totalement inadaptés à la vie normale. *Cette vie.* Celle qu'elle menait désormais. La vie à laquelle elle retournerait dès qu'elle aurait fini de perdre son temps ici, à tenter de raviver le souvenir d'un passé sur lequel elle avait définitivement tiré un trait.

Avec un soupir, elle ouvrit les boîtes contenant les décorations de Noël, sauf une – celle renfermant les figurines de la crèche, parce qu'elle craignait de craquer en voyant le minuscule bébé dans son berceau de paille.

Elle se redressa et décida de descendre au village en espérant qu'il resterait un sapin à acheter. Noël n'était-il pas symbole d'espoir ?

Elle attrapa son anorak, ses clés de voiture et dix minutes après, sa vieille Coccinelle cahotait sur les pavés de la rue principale de Westover avant de se garer devant l'épicerie.

Il était encore tôt. Trop tôt pour les touristes qui envahiraient bientôt ce petit village classé des Chilterns, réputé pour ses fêtes traditionnelles.

Les souvenirs affluèrent. Elle était descendue ici avec Giacomo, la veille de Noël. Ils s'étaient joints à la foule rassemblée autour du gigantesque sapin pour écouter les chants de Noël, alors que la nuit tombait et que les mères tentaient de calmer leurs enfants surexcités. Elle aurait pu être l'une d'entre elles, aujourd'hui…

Une larme glissa sur sa joue. Elle l'essuya d'un revers de main agacé et s'avança vers l'épicerie à l'ancienne, tout droit sortie d'un conte de Dickens avec ses pyramides d'oranges, ses sachets de noix et de dattes au milieu des branches de houx. Il restait un sapin contre le mur. Il était immense et les branches du bas pendaient tristement. Quand Louise demanda son prix, l'épicière à l'allure imposante la regarda d'un œil dubitatif.

— C'est le dernier, dit-elle, sans doute pour justifier son prix astronomique.

— Je le prends.

— Attention, il fait près de quatre mètres de haut. Il

ne rentre pas dans une demeure de taille normale, jugea bon de préciser la matrone avant de glisser un coup d'œil également dubitatif à la Coccinelle de Louise. Il ne rentrera pas non plus dans votre véhicule.

Louise ne put s'empêcher de sourire.

— C'est pour Barton.

— Barton ? Alors là, ça change tout ! s'exclama l'épicière. Vous n'aurez pas de problème pour l'y faire entrer. Vous avez sacrément de la chance de travailler dans ce joli château. Et pour un si bel homme, ajouta-t-elle avec un clin d'œil de connivence. Ne vous en faites pas, je peux vous le faire livrer en début d'après-midi.

Louise sortit son porte-monnaie pour payer l'arbre, quelques bougies et un sac d'oranges. Elle demanderait à Giacomo de la rembourser plus tard, comme elle le ferait avec n'importe quel client. D'ailleurs, l'épicière l'avait prise pour l'une des employées du château. *Ce qu'elle était.* Preuve qu'elle était plus à sa place dans ce rôle que dans celui d'épouse de milliardaire.

Elle posa ses achats sur le siège passager et démarra le moteur. Comme elle enclenchait la vitesse, l'euphorie initiale céda brusquement la place à l'appréhension. Les deux prochains jours risquaient d'être terriblement douloureux. Pour elle et pour Giacomo. Surtout s'il se souvenait qu'il l'avait épousée uniquement parce qu'elle portait son enfant.

Cet enfant, elle l'avait perdu et tout ce qui lui était resté, c'était un ventre vide et une immense souffrance quand elle avait fait la seule chose qui lui semblait juste – quitter l'homme qui n'avait jamais vraiment voulu d'elle.

Oui, les prochains jours allaient être une épreuve.

Mais elle devait l'accepter et y faire face.

La douleur était parfois nécessaire pour permettre à la plaie de cicatriser.

6.

Giacomo accéléra le pas.

Les dernières lueurs du jour avaient quitté le ciel et les nuages s'amoncelaient au-dessus de sa tête alors qu'il s'engageait dans l'allée grimpant au château. La neige tombait de plus en plus fort à présent, formant un rideau blanc opaque.

Il distingua d'abord l'imposante silhouette du bâtiment, puis telles des sentinelles, les tours émergèrent. Il y avait des lumières aux fenêtres. Des spirales de fumée s'élevaient des cheminées.

Une impression diffuse comprima brusquement sa poitrine et son pas ralentit. Il avait l'étrange impression de rentrer chez lui… Le château lui apparaissait soudain comme un véritable foyer, pas comme l'une de ces élégantes demeures de luxe qui font la couverture des magazines de décoration d'intérieur – ce qui était le cas de toutes ses propriétés.

Aucune n'avait jamais ressemblé à un foyer.

Son corps se tendit.

Excepté peut-être une fois… Une image fugace, discrète lui traversa l'esprit. Était-ce ici, avec Louise ?

Il fronça les sourcils, cherchant à rattraper cette bribe de souvenir. Ce n'était peut-être que la réminiscence d'une des hallucinations dont il avait été victime sous l'effet des fortes doses de morphine qui lui avaient été administrées après l'accident. Dès qu'il avait pu s'exprimer, il avait insisté pour un sevrage radical auprès de l'équipe médicale. Il préférait la douleur à cette perte totale de contrôle sur son corps et son esprit. Le contrôle était son compagnon de route depuis toujours. C'était ce qui l'avait guidé et protégé toute sa vie. C'était ce qui lui avait permis de survivre.

Il accéléra de nouveau le pas et quelques instants plus tard, il poussait la lourde porte d'entrée. Il la referma derrière lui et s'avança dans le hall. Tout était silencieux. Il commençait à déboutonner son manteau quand de nouveau cette même impression diffuse resserra son étau sur sa poitrine. Il régnait une douce chaleur et un parfum d'épices flottait dans l'air. La porte du salon était ouverte, les flammes dans la cheminée projetaient une lumière dorée.

Louise surgit soudain sur le seuil de la pièce, l'air surpris. Elle portait toujours cet horrible uniforme, mais sous le devant de son tablier de cuisine maculé de farine, elle avait déboutonné les premiers boutons de son chemisier – attirant inexorablement l'attention de Giacomo sur le discret renflement de ses seins.

— Je n'ai pas entendu le taxi arriver.

— Parce que je suis monté à pied depuis la gare.

La neige qui couvrait ses cheveux commençait à fondre. Il la sentait ruisseler dans son cou.

Elle le dévisagea.

— Tu aurais pu me demander de venir te chercher.

— Je ne suis pas certain que j'aurais réussi à entrer mes jambes dans la coquille de noix qui te sert de véhicule.

Louise sourit.

C'était la première fois qu'il voyait son visage s'éclairer d'un sourire sincère. Et *Madonna mia*, quel sourire ! C'était un sourire transparent qui inondait chaque parcelle de son visage. Comment avait-il pu oublier un tel sourire ?

— Que t'a dit le médecin ? demanda-t-elle.

De n'importe qui d'autre, ce genre de question l'aurait agacé, mais Giacomo commençait à comprendre qu'il allait devoir apprendre à ne pas tout garder pour lui s'il voulait libérer son esprit. Et s'il existait sur terre une seule personne à qui se confier, c'était sûrement la femme qu'il avait épousée.

— Il n'y a pas de solution miracle, reconnut-il à contrecœur. J'ai passé toute une batterie d'examens.

— Laisse-moi deviner. Je parie que tu les as tous réussis haut la main !

Il prit acte du ton moqueur d'un bref hochement de tête.

— Les examens physiques, oui.

Il y avait ensuite eu la seconde partie de la consultation, quand il avait questionné le médecin sur ses chances de retrouver le souvenir de l'année effacée.

— Toujours pas de progrès ? avait questionné le médecin en relevant les yeux de ses notes.

Giacomo s'apprêtait à dire non, quand il s'était soudain souvenu du scintillement des larmes dans les yeux de Louise, la veille au soir, dans la cuisine. Une autre image s'était alors aussitôt frayé un passage dans son esprit. Celle de son épouse se levant de table dans leur appartement à Milan, les joues baignées de larmes. Ce souvenir inattendu et bien réel l'avait ébranlé. Et l'image envahissait de nouveau son esprit, comme le film en accéléré d'un artiste dessinant un visage. Des coups de crayon épars se transformant en traits, une ligne courbe traçant une bouche qu'il reconnaissait pour l'avoir embrassée autrefois – souvent. Une cascade de boucles brunes glissant comme de la soie entre ses doigts.

— Qu'est-ce qu'il y a ? murmura Louise. Pourquoi me regardes-tu comme ça ?

Il hésita. Sa logique lui soufflait de garder ce fragment d'information pour lui. Parce que le savoir c'était le pouvoir et que le pouvoir était son moteur. Mais il y avait cette autre part de lui, celle qui avait envie de le dire à Louise, parce que c'était une petite victoire.

— Je me suis souvenu.

— De… de quoi ?

— De ton visage.

Il y eut un silence.

— C'est tout ?

— Malheureusement, oui.

Giacomo s'abstint d'ajouter qu'il espérait que le souvenir de son corps n'allait pas tarder à revenir.

Il crut lire une lueur déçue dans son regard, mais il n'allait pas en discuter maintenant dans le hall. D'abord parce qu'il était glacé jusqu'aux os. Et puis surtout, parce que ce brusque retour de mémoire lui donnait la sensation insupportable d'être soudain mis à nu.

— Je monte prendre une douche.

— Bien sûr, répondit Louise en lissant son tablier du plat de la main, comme pour marquer la reprise de leur relation employée-employeur. Dîner à 20 heures, conclut-elle d'un ton formel.

Sur ce, elle tourna rapidement les talons.

Avant même qu'il le dise, elle savait qu'il avait retrouvé le souvenir de son visage. Et elle ne pouvait nier l'absurde étincelle d'espoir qui s'était allumée en elle. Mais qu'avait-elle espéré au juste ? Que pris d'une soudaine illumination, il lui dirait qu'elle avait été la femme de ses rêves ?

Elle poussa un soupir. Quelle idiote naïve ! Elle n'avait été qu'un corps pour lui. Une femme avec laquelle il aimait faire l'amour, et qu'il avait involontairement mise enceinte. Une femme qu'il avait cruellement blessée.

Jamais plus elle ne laisserait un homme s'approcher d'aussi près.

Elle regagna la cuisine, sortit le dernier plat du four, puis gagna la salle à manger. Tout était prêt, la table était mise.

Anxieuse, elle jeta un regard circulaire sur la pièce – satisfaite de son travail, même si les doutes commençaient à s'insinuer en elle. Comment Giacomo allait-il réagir en découvrant ce décor ?

Le sapin se dressait majestueusement devant la fenêtre, sur fond de tourbillons de neige. Accrochées à ses branches, une multitude de boules colorées se balançaient. Des clochettes argentées et des rubans de velours rouge ornaient les rameaux odorants. Il y avait même un Père Noël et des lutins miniatures au pied du sapin. Quand Louise les avait achetés, elle imaginait alors un avenir dans lequel les petites mains potelées de leur enfant les manipuleraient avec émerveillement. Ce rêve semblait si loin à présent.

Sa gorge se serra. La seule chose qui manquait, c'était la crèche. Elle n'avait pas eu le courage d'ouvrir le carton abritant les santons délicatement ouvragés, mais à présent, elle hésitait… Avait-elle le droit de censurer des détails du passé, simplement parce qu'elle craignait d'être bouleversée ? La vue de l'enfant Jésus dans son berceau de paille pourrait réveiller la mémoire de Giacomo. Elle ne devait écarter aucune possibilité.

Elle monta à l'étage. Elle longeait le couloir en direction de la chambre d'ami quand, à mi-chemin, une porte s'ouvrit dans son dos.

— Louise ?

C'était toujours étrange d'entendre Giacomo prononcer son prénom.

Elle se retourna et sa bouche s'assécha quand elle vit ce qu'il portait.

Pas grand-chose.

Autant dire qu'il était nu – avec juste une petite serviette blanche nouée autour des hanches.

Il sortait manifestement de la douche. Des gouttelettes

d'eau étincelaient sur sa peau dorée comme si le ciel avait lâché une pluie de diamants sur lui.

Et Louise ne pouvait s'empêcher de le contempler, fascinée. Elle aurait dû détourner les yeux, vite s'éloigner, mais le filtre de la logique ne s'appliquait pas toujours à la réalité.

La réalité, c'est qu'elle était impressionnée, bouleversée, subjuguée par la vision de ce corps d'Apollon. Incapable de détourner les yeux, elle promena son regard sur ses larges épaules, ses longues jambes musclées, ses pectoraux magnifiquement dessinés et son ventre plat. Son cerveau était comme court-circuité, agité d'images érotiques, mêlant passé et présent. Elle sentit ses seins se dresser quand il posa sur elle ce regard caressant qui l'excitait toujours autant.

— Que fais-tu ? questionna-t-il d'une voix suave. Je croyais que tu préférais éviter les chambres à cet étage.

— Je suis venue chercher quelque chose.

Il esquissa un petit sourire narquois.

— Serait-ce moi ?

Son arrogance eut le mérite de la tirer de sa stupeur et de la ramener sur Terre. Son cerveau se remit à fonctionner, lui rappelant qu'elle avait une question à lui poser.

— Pourquoi as-tu gardé mes vêtements ?

Giacomo fronça les sourcils.

— Quels vêtements ?

— Ceux que je portais quand nous vivions… ensemble. Ils sont toujours là. Dans la chambre au bout du couloir.

Le visage de Giacomo resta de marbre – à l'exception du léger tressaillement d'une veine à sa tempe, signe qu'il n'était peut-être pas si indifférent à ce qu'elle avait découvert dans cette pièce.

— Comment veux-tu que je sache ? Je n'ai pas remis les pieds ici depuis deux ans. Le personnel n'a sans doute pas voulu prendre la responsabilité d'enlever tes affaires simplement parce que nous ne sommes plus en couple. Tu peux les récupérer.

Louise tressaillit. Pourquoi ses paroles faisaient-elles si mal ? Pourquoi lui donnaient-elles envie de se ruer sur lui et de le frapper, ou de l'étriper, ou… ou… ?

— En revanche, ce que je sais, ajouta-t-il tout doucement, c'est que l'attirance physique entre nous est incroyable. Si nous y cédions, cela pourrait peut-être m'aider à retrouver la mémoire.

Louise cligna des yeux, une fois de plus suffoquée par sa désinvolture et son arrogance.

— Dans tes rêves, Giacomo !

Il lui décocha un sourire. Un sourire dangereux. Le sourire d'un tigre à l'affût.

— C'est drôle que tu dises ça, murmura-t-il. Tu y tenais le rôle principal, la nuit dernière.

Sur ce, pivotant sur lui-même, il prit la direction de sa chambre et Louise retint un cri. Parce que la cicatrice sur la joue de Giacomo n'était rien en comparaison de celles qui couraient le long de sa colonne vertébrale, témoignage ultime de la gravité de son accident. Et soudain, elle n'avait plus envie de le frapper ou de l'étriper. Elle aurait voulu pouvoir embrasser chaque millimètre de sa peau abîmée, la caresser du bout des doigts, de sa langue, se réapproprier cette nouvelle version de son époux.

Qui n'était plus réellement son époux.

— Que se passe-t-il ?

La question était sèche et sa voix tendue. Giacomo lut aussitôt l'anxiété dans le regard de Louise.

— C'est Noël, répondit-elle d'un ton qui se voulait léger.

Il jeta un regard circulaire sur la salle à manger. La pièce était méconnaissable. Des bougies étaient disséminées un peu partout, des brins de houx ornaient le sommet de chaque tableau. Et devant la fenêtre se dressait un sapin gigantesque, chargé de boules colorées et de toutes sortes de décorations.

Giacomo éprouva brusquement dans la région du cœur quelque chose de complexe et de déroutant, proche de l'émotion. Si proche qu'il autorisa la partie rationnelle de son cerveau à la refouler.

— D'où viennent ces décorations ? questionna-t-il sans quitter le sapin des yeux.

— Je les avais achetées à Londres à l'occasion de notre premier Noël ici. Je voulais le fêter dans la tradition et tu m'avais laissé carte blanche pour acheter tout ce que je voulais. Ce matin, j'ai pensé qu'elles étaient peut-être encore ici. Je les ai cherchées et je les ai retrouvées. Elles n'ont servi qu'une seule fois, il aurait été dommage de ne pas en profiter.

Louise hésita.

— Ça t'ennuie ?

Quittant le sapin du regard, Giacomo la dévisagea. Elle se mordillait les lèvres, l'air visiblement anxieuse.

Il aurait voulu lui dire que toutes ces lumières et ces décorations inutiles rendaient la pièce oppressante. Qu'il était déconcerté par l'évocation d'un autre Giacomo – un homme qui avait toléré de fêter Noël, un homme qui avait su se montrer indulgent, peut-être même tendre, à l'égard de sa jeune épouse. L'image était difficile à concilier avec celle de l'homme qu'il était aujourd'hui. Un homme dont la première réaction serait de répondre à la question de Louise par l'affirmative. Oui, tout cet étalage festif l'exaspérait. D'un autre côté, il était conscient que ce genre de réaction ne jouerait pas en sa faveur. Il était évident que Louise cherchait à obtenir son approbation. Peut-être ferait-il mieux de la lui donner – en échange d'un petit quelque chose…

— Disons que je pourrais m'en accommoder si tu te mettais toi-même dans l'esprit de Noël, répondit-il lentement. Tu m'as bien dit que tu avais retrouvé des vêtements t'appartenant ?

Louise fronça les sourcils.

— Oui.

— Dans ce cas, tu pourrais monter te changer et enfiler une robe. Ce serait certainement plus flatteur que cet…

Giacomo ouvrit ses mains, paumes en l'air.

— … cet *horrible* uniforme. S'il te plaît, Louise, fais-le pour moi.

Il marqua une pause.

— À moins que tu n'aies une bonne raison de refuser.

Elle plissa les yeux, ses longs cils noirs soulignant l'éclat bleuté de ses prunelles dans les profondeurs desquelles, l'espace d'un instant, il vit scintiller la méfiance. Une fois de plus, il se demanda pourquoi. Que s'était-il passé entre eux ?

— Je ne pense pas, répondit-elle du bout des lèvres.

Il attendit qu'elle soit partie changer de tenue pour traverser la pièce et regarder par la fenêtre.

La neige qui tombait en abondance ramena le souvenir du moment exact de son accident. Les images défilèrent dans sa tête. C'était une zone hors-piste sans difficulté pour le skieur expérimenté qu'il était. Mais quelque chose avait dû le tracasser ce jour-là. Quelque chose qui l'avait déconcentré une fraction de seconde. L'arbre s'était soudain dressé devant lui. Ensuite, il y avait eu la chute, la glissade sans fin dans la pente, les chocs successifs de son corps qui rebondit, s'écrase et l'explosion d'étoiles sous son crâne avant que tout ne sombre dans l'obscurité. Le seul fait qu'il ait survécu tenait du miracle.

La réapparition de Louise l'arracha à ses pensées, mais rien ne l'avait préparé à sa métamorphose. Son souffle se bloqua dans sa gorge et le désir incendia ses reins.

Louise était d'une beauté renversante dans une robe de velours pourpre qui épousait ses formes, mettant en valeur sa taille fine. Elle portait des talons aiguilles et sa chevelure brune était retenue souplement sur son épaule droite par un large ruban de satin vert.

— C'est bien ce que tu voulais ? demanda-t-elle d'une voix prudente.

Giacomo ferma brièvement les yeux, troublé par une image fugace qui venait de lui traverser l'esprit. Il manquait quelque chose…

— Attends-moi ici, déclara-t-il brusquement, ignorant son regard interloqué.

Il courut ouvrir le coffre-fort dans son bureau, tout en se demandant si son cerveau confus ne lui jouait pas des tours. Mais quand il revint dans la salle à manger, il retrouva son épouse telle qu'il l'avait laissée, belle à mourir, son ravissant visage pâle et tendu – comme si elle regrettait d'avoir cédé à sa demande.

Elle prit l'écrin qu'il lui tendait.

— Qu'est-ce que c'est ?

— Ouvre.

Louise se pétrifia en découvrant le collier. Un collier qu'elle reconnut aussitôt – l'étoile de Bethléem sertie de diamants, suspendue à sa chaîne en vermeil.

L'estomac noué, elle leva les yeux sur Giacomo, sans un mot – ce n'était pas nécessaire, la question était dans son regard.

— Tu l'as porté avec cette robe, dit-il lentement. Je l'avais acheté pour toi. Pour Noël.

— Il y a deux ans, ce soir, confirma Louise d'une voix tremblante.

— Mets-le.

— Giacomo…

— S'il te plaît, Louise. Je veux le voir sur toi.

C'était un ordre. Elle ne pouvait refuser, mais ses mains tremblaient trop pour pouvoir agrafer le fermoir, si bien qu'elle ne put faire autrement que d'accepter l'aide de Giacomo. Ce ne fut pas long, mais quand il se pencha sur elle, un courant de plaisir la transperça. Le contact de ses doigts soulevant sa chevelure, puis effleurant sa nuque, la fit frissonner. La tension entre eux grandit et le silence s'étira. Son désir pour lui était si vif, si fort, que la tête lui tourna quand il posa les mains sur ses épaules et la fit pivoter vers le grand miroir au-dessus de la cheminée dans lequel se reflétait leur couple.

Elle avait du mal à se reconnaître. La robe rouge. Le scintillement des diamants au creux de sa gorge. La cascade de sa chevelure brune souplement retenue par le ruban de velours. Et Giacomo, debout derrière elle, grand, ténébreux, indomptable, les mains toujours sur ses épaules – dans un geste possessif. Elle mourait d'envie qu'il l'embrasse. Elle avait *besoin* qu'il l'embrasse tant son désir était douloureux.

Mais il ne le fit pas.

Il n'essaya même pas.

Elle se demanda si c'était délibéré de sa part. Un simple jeu destiné à montrer son pouvoir sur elle. Il était suffisamment intelligent pour savoir que c'est dans la nature humaine de vouloir ce qu'on lui refuse. Et qu'il suffisait d'une étincelle pour déclencher un incendie… Oh ! Seigneur ! Elle brûlait déjà. Son sang bouillonnait. Des muscles se crispaient au tréfonds de son ventre.

Ressaisis-toi !

Elle se détourna brusquement du miroir, s'arrachant à son reflet et aux mains de Giacomo. Ce n'est pas parce qu'elle s'était habillée comme il le lui avait demandé qu'elle devait se conduire comme son toutou. Et même couverte de velours et de diamants, elle n'était que son employée de maison temporaire.

— Si tu veux bien m'excuser, il me reste encore pas mal de choses à faire en cuisine.

— Bien sûr. Je serai dans mon bureau. J'ai des dossiers à consulter. Envoie-moi un texto quand le dîner sera prêt.

Son ton était calme – comme s'il n'avait pas conscience de l'électricité qui circulait entre eux. Mais tandis qu'elle s'éloignait de lui, Louise pouvait sentir la brûlure de son regard rivé sur sa nuque et elle dut faire appel à tout son courage pour ne pas céder à l'envie de sortir en courant de la pièce. Parce que c'était ce qu'elle avait fait, le soir où elle l'avait quitté. Et ça, c'était la réaction d'une froussarde.

7.

— Laisse.

La main de Louise s'immobilisa sur le bol contenant les restes d'un caviar d'aubergines.

Ce dîner de Noël était complètement surréaliste – heureusement ponctué de nombreux plats qui permettaient à Louise de sortir régulièrement de table pour apporter le suivant et de réduire ainsi la conversation au minimum.

— Il faut que j'aille chercher le dessert.

— Je t'ai dit de laisser ça. Je n'ai pas envie de dessert.

Louise s'exhorta au calme et à la retenue. Elle avait du mal à garder les idées claires et à contrôler ses émotions – surtout ses propres désirs absurdes. Elle devait cependant rester professionnelle, même s'il était difficile de repasser en tant qu'« employée de maison » quand on était habillée en épouse de milliardaire.

— Dommage, dit-elle, faussement désinvolte. J'ai passé tout l'après-midi à préparer des *struffoli*.

— Tu as préparé des *strufolli* ?

Une lueur espiègle traversa le regard de Louise.

— Bien sûr que non ! Leur préparation prend un temps fou et comme tu as pu le constater, j'avais déjà de quoi m'occuper. Mais…

Elle hésita.

— Je t'ai préparé une orange.

Giacomo fronça les sourcils, l'air perplexe.

Louise précisa :

— Un jour, tu m'as dit que l'orange était la seule chose que tu aimais lors des Noël à l'orphelinat. Le seul moment de l'année où tu étais certain d'avoir un fruit frais pour toi. Tu avais l'habitude de prendre tout ton temps pour peler ton orange et en détacher les quartiers, de façon à la faire durer le plus longtemps possible. Tu disais que tu n'avais jamais rien goûté d'aussi délicieux, même dans les plus grands restaurants.

Giacomo se renversa contre le dossier de sa chaise, l'air impassible, mais il y avait une note surprise dans sa voix.

— Je t'ai raconté tout cela ?

— Les premiers temps après notre rencontre, tu me parlais, Giacomo. Puis de moins en moins au fil des jours.

Elle s'éclaircit la gorge.

— Puis-je aller te chercher ta dose de vitamine C ? Je l'ai très joliment disposée sur une assiette.

Il secoua la tête.

— Non. Allons plutôt nous asseoir au coin du feu. J'ai quelques questions à te poser.

— D'accord, mais je déteste laisser la cuisine en désordre. Alors, essayons d'être brefs.

Giacomo esquissa une moue indiquant clairement qu'il n'avait pas l'habitude de se voir imposer un contre-la-montre. Mais il ne pipa mot et suivit Louise qui se laissa tomber dans les profondeurs abyssales du canapé et serra instinctivement ses genoux l'un contre l'autre quand il vint s'asseoir près d'elle.

— Parle-moi de notre mariage, lança-t-il sans préambule.

— Que veux-tu savoir ?

— Qui était présent ?

— Personne. Nous avons pris deux témoins dans la rue.

Giacomo fronça les sourcils.

— Pourquoi ? C'était un mariage clandestin ?

La douleur fut si intense que Louise faillit tout lui dire. Mais elle se contint. Elle n'était pas obligée de parler du bébé qu'elle attendait alors. Pas tout de suite. Peut-être jamais. Giacomo lui avait clairement fait comprendre qu'il ne voulait pas d'un lâcher d'informations. Il posait les questions, elle répondait.

— C'était un mariage dans la plus stricte intimité plutôt que clandestin. Tu disais que si la presse l'apprenait, les paparazzis nous harcèleraient. Tu craignais que je ne sois dépassée. Tu disais vouloir m'introduire progressivement dans la haute société milanaise, dans ton monde. Ce que tu n'as jamais vraiment fait. Tu étais trop occupé et je pensais…

— Quoi ? insista Giacomo en entendant sa voix s'éteindre. Que pensais-tu, Louise ?

Son regard était si attentif, si pénétrant, qu'elle se livra.

— Je pensais que tu avais honte de moi, murmura-t-elle, incapable de dissimuler le tremblement dans sa voix. Hier, tu l'as dit toi-même, je n'étais pas ce que tu attendais. Je n'étais qu'une fille très ordinaire et toi, un milliardaire superstar. Il est évident que nous n'étions pas faits l'un pour l'autre. Nous venions de deux mondes tellement différents.

— Tu savais pourtant d'où je venais. J'avais onze ans quand j'ai perdu ma mère et je n'ai jamais connu mon père. Difficile de démarrer plus bas qu'un gamin sorti de l'orphelinat, qui a commencé à travailler dans une petite usine de métallurgie dès l'âge de quatorze ans.

— Mais tu as très vite gravi les échelons. Tu as su voir le potentiel de l'entreprise et tu as su l'exploiter, Giacomo. Personne n'aurait pu prévoir que tu finirais à la tête d'un empire industriel. Peu d'orphelins de quatorze ans possèdent un tel sens des affaires, conclut-elle avec une pointe d'ironie.

Il sourit.

— C'est vrai.

Louise détourna les yeux, se rappelant qu'elle devait prendre garde au pouvoir de son sourire.

— Tu aimerais voir une photo de notre mariage ?

— Tu en as ?

— Une seule. Sur mon téléphone.

Elle l'avait posé sur le manteau de la cheminée. Elle se leva pour aller le chercher, soulagée d'avoir une excuse pour s'éloigner un instant de Giacomo dont la trop grande proximité menaçait sa volonté.

Elle revint s'asseoir près de lui, tout en faisant défiler la galerie de photos pour trouver celle de leur mariage. Ses doigts tremblaient légèrement quand elle lui tendit le téléphone.

Il contempla l'écran un long moment, sans un mot.

À quoi pensait-il ? se demanda Louise. Elle s'était interdit de regarder cette photo. Parce qu'il était inutile de remuer le passé. Parce que c'était la photo d'un couple qui n'aurait jamais dû exister. Mais à présent, tout ce qu'elle voyait, c'était le bonheur éclatant de deux jeunes mariés. Giacomo avait l'air plus jeune et plus insouciant – même s'il n'y avait pas si longtemps. Le voyait-il aussi ? Ou bien pensait-il que ce n'était que le temps d'une photo ? Après tout, c'était un instant capturé, figé dans le temps, que chacun pouvait interpréter à sa façon.

— Tes parents ? questionna-t-il soudain. Pourquoi ne sont-ils pas présents ?

— Parce qu'ils sont morts quand j'étais bébé, répondit-elle dans un souffle, avant d'ajouter d'une voix plus assurée. Notre statut d'orphelin est l'un nos rares points communs. Peut-être même le seul.

La mâchoire de Giacomo se crispa, mais il ne releva pas.

— Il te reste des proches ?

— Seulement ma tante, la sœur aînée de ma mère. C'est elle qui m'a élevée après la disparition de mes parents.

— Pourquoi n'est-elle pas venue à ton mariage ?

— Je ne l'avais pas invitée. Comme je te l'ai dit, c'était un mariage dans la plus stricte intimité. De toute façon, elle n'est pas vraiment du genre festif, conclut Louise avec un petit rire étranglé.

Tante Maeve était une professionnelle de la critique et de la réprobation. Elle avait désapprouvé sa sœur cadette. Elle avait désapprouvé l'homme que celle-ci avait épousé – et par défaut, la fillette traumatisée dont la garde lui avait été confiée après la noyade tragique de ses parents. Elle avait fait de son mieux pour l'élever, mais elle l'avait fait sous le sceau du devoir, pas de l'amour. Louise était convaincue que c'était la raison pour laquelle elle s'était jetée dans les bras de Giacomo, un homme qui n'était pas pour elle. Quand on ne savait pas vraiment ce qu'était l'amour, on ne le cherchait pas forcément au bon endroit. La preuve, le même scénario s'était répété… Giacomo avait agi exactement comme sa tante. Il l'avait épousée par devoir, parce qu'elle portait son enfant. L'amour n'avait jamais fait partie de l'équation, même si elle avait désespérément voulu le croire.

— Je l'ai rencontrée ? questionna-t-il en posant le téléphone sur la table basse devant eux.

— Une seule fois.

— Je lui ai plu ?

Louise le regarda droit dans les yeux, un sourire hésitant au coin des lèvres.

— C'est ce qu'on appelle une question délicate. Tu tiens vraiment à le savoir ?

— Vas-y, je t'écoute. J'ai la peau dure.

— Elle a dit qu'elle imaginait bien pourquoi j'avais craqué pour toi…

— Mais ?

Louise baissa brièvement les yeux, puis les releva sur le visage de son époux à la beauté ravageuse.

— Mais que notre couple ne durerait pas. Nous vivions dans des mondes radicalement opposés et nous étions trop différents. Elle avait raison.

— Elle était toujours aussi négative ?

— Toujours.

— Qu'est-il arrivé à tes parents ? Parle-moi un peu d'eux.

— Ma mère était danseuse.

— C'est ce qui explique tes jolies jambes, commenta Giacomo.

Elle lui jeta un regard d'avertissement, partagée tout à la fois entre l'envie de lui faire les gros yeux pour cette remarque à laquelle son corps réagissait instantanément et l'envie de ronronner de plaisir.

— Tu veux connaître l'histoire, oui ou non ?

— Continue.

— Mon père était comédien. Tous les deux moyennement doués dans un milieu ultra-compétitif, si bien qu'ils avaient du mal à décrocher des contrats. Ils ont fini par travailler sur un bateau de croisière ; mon père comme croupier et ma mère comme chanteuse. Cette situation leur convenait. Ils étaient logés, nourris, blanchis. Ils voyageaient dans le monde entier et ils avaient zéro responsabilité… jusqu'à ce que j'arrive.

Louise laissa échapper un soupir.

— Évidemment, ma naissance a tout chamboulé. S'occuper d'un gamin ne cadrait pas du tout avec leur mode de vie.

— Que s'est-il passé ?

Elle haussa les épaules.

— Je n'ai que la version de ma tante. D'après elle, ma mère a quitté le bateau pour pouvoir s'occuper de moi, mais elle était malheureuse. Elle passait son temps à s'inquiéter de ce que faisait mon père quand ils n'étaient pas ensemble. Et puis un soir, alors qu'il rentrait de croisière, ils sont sortis fêter son retour à Southampton. Ils avaient certainement pas mal bu. Toujours est-il qu'ils ont décidé d'aller faire un tour en bord de mer et qu'ils ne sont jamais rentrés. L'enquête de police a conclu qu'ils avaient sans doute voulu se baigner et qu'ils s'étaient noyés. Leurs corps ont été retrouvés plusieurs jours après.

Elle déglutit.

— Une mort à la fois tragique et peu glorieuse.

— Je suis désolé.

Elle crut un instant que Giacomo allait lui prendre la main et, pour l'éviter, elle se pencha pour reprendre son téléphone sur la table basse. Elle craignait qu'un geste de tendresse ou de compassion de sa part ne la fasse basculer de nouveau dans un monde d'illusions. Elle ne voulait plus rien espérer de lui.

— Ma tante a obtenu ma garde. Elle n'y était pas préparée. Elle était très stricte, du genre bigote, avec une mentalité un brin esclavagiste. En échange du toit et de la nourriture, je devais assurer les tâches domestiques de la maison. Le jour de mes seize ans, elle a déclaré que j'étais assez grande désormais pour gagner ma vie et me débrouiller seule.

L'enfance de Louise avait été dénuée d'affection et de joie, mais elle avait certainement hérité d'un brin de talent de ses parents pour la comédie, car elle s'était toujours appliquée à afficher un visage souriant.

— J'ai donc dû quitter le lycée, malgré mon goût pour les études et mes bons résultats scolaires, poursuivit-elle en libérant machinalement ses pieds des escarpins. J'ai vite découvert que ma tante m'avait finalement permis d'acquérir le genre de compétences recherchées dans le milieu de la restauration. Je savais faire le ménage, astiquer l'argenterie, cuisiner et servir une tasse de thé sans en renverser une goutte.

— J'étais au courant de tout cela ? questionna Giacomo.

— Un peu. Mais pas dans le détail. Comme je te l'ai

dit, nous ne parlions pas beaucoup, du moins pas de choses sérieuses, et tu n'avais guère de temps à m'accorder.

Giacomo perçut la tristesse dans sa voix. Une tristesse qu'elle s'efforçait de cacher et d'une certaine façon, il en fut étrangement affecté.

— J'étais un si mauvais mari ?

Il y eut un silence, tandis qu'elle tournait vers lui un regard empli tout à la fois d'incertitude et de dérision.

— Là encore, une question délicate, Giacomo. Je veux bien te répondre franchement, mais crois-tu qu'énumérer tous tes défauts t'aidera à retrouver la mémoire ?

Inclinant la tête sur le côté, il considéra Louise d'un œil songeur.

Elle cherchait à le provoquer, mais d'une certaine façon, elle venait de mettre le doigt sur ce qu'il avait très précisément envie d'entendre. Plutôt que d'examiner son aptitude à la vie conjugale, il existait en effet d'autres moyens bien plus agréables qui pourraient l'aider à se souvenir. Surtout quand Louise le regardait ainsi… Le léger tremblement de sa lèvre inférieure et ses prunelles bleues qui s'étaient assombries étaient un appel à la tentation à laquelle tout homme normalement constitué ne pouvait résister.

— Je connais un moyen qui pourrait m'aider à la retrouver.

Il posa les mains sur ses bras et elle le laissa faire. Elle continua de le regarder avec la même intensité. Comme si elle en avait autant envie que lui.

Jusqu'ici, il avait résisté à l'envie de l'embrasser. Pourquoi ? Pour mettre à l'épreuve sa volonté d'acier ? Pour se prouver qu'il était capable de garder le contrôle sur sa libido ? Ou pour montrer à Louise qu'elle n'avait rien à attendre de lui, autre qu'une généreuse somme d'argent et un divorce rapide ?

Pour l'instant, la réponse, il s'en fichait. Louise était là, tout près… Ils connaissaient tous deux les limites et s'ils les franchissaient, ce ne serait que temporaire.

Quand il l'attira vers lui, elle entrouvrit aussitôt les lèvres et il ne put retenir un gémissement sourd quand leurs bouches s'unirent, se reconnurent ; quand leurs langues s'entrelacèrent, hésitantes d'abord, puis plus audacieuses. Alors, il l'embrassa plus profond, plus fort, lâchant les rênes à ce désir qui courait en eux. Il avait envie de la dévorer. De la caresser. De la respirer. Il avait envie d'être en elle. De fusionner, de plonger au plus profond de son corps, de s'y perdre. Mais dans l'immédiat, il se contenterait de ce baiser.

Il laissa filer ses mains au bas de ses reins pour la presser contre lui, la retenir – comme s'il craignait qu'elle disparaisse, comme s'il avait besoin de s'arrimer à elle. Elle était pourtant si menue. Si délicate. Il pouvait sentir ses seins pressés contre son torse. Et soudain, il se souvint… ses seins épanouis et fermes. Si doux. Surmontés d'une petite framboise. Ce n'était pas le souvenir qu'il cherchait, mais ce fut celui qui surgit. Un souvenir qui déclencha un incendie dans son sang déjà bouillonnant.

Il mourait d'envie de lui arracher ses vêtements, de la posséder, de se glisser en elle et de la faire gémir de plaisir. Il était certain qu'il la trouverait humide et brûlante, prête à s'ouvrir à lui, à se donner. Parce que dans les recoins de sa conscience, il savait que cette intimité entre eux, cette puissante alchimie, était d'une essence particulière et… qu'elle l'avait toujours été.

Il ne s'était pas reconnu sur la photo de mariage. C'était l'image d'un autre homme que lui, un homme presque *heureux*. Était-ce l'amnésie qui le rendait si sombre ? Ou refusait-il simplement la réalité de ce qu'avait été sa vie avec Louise ?

Il avait à présent un aperçu du pouvoir qu'elle exerçait sur lui. De sa capacité à l'ébranler ou peut-être même à le détruire en lui faisant perdre tout contrôle.

N'était-ce pas prendre le risque de payer très cher les plaisirs éphémères du sexe ?

Des signaux d'alarme clignotaient sous son crâne, l'exhortant à calmer le jeu, mais le désir qui le dévorait était trop puissant pour les écouter.

Impatiente, Louise avait enfoui les doigts dans ses cheveux et lui rendait son baiser sans réserve avec une fièvre identique à la sienne tandis qu'il bataillait avec la fermeture Éclair de sa robe, tant ses doigts tremblaient. Le tissu s'ouvrit, lui donnant accès à la peau veloutée de son dos. Lentement, il fit glisser les manches le long de ses bras, puis il s'arracha à ses lèvres pour suivre des yeux le tracé de ses doigts sur la peau douce et blanche de sa gorge, le long de l'échancrure du soutien-gorge noir qui dissimulait ses seins. Comme Louise le regardait, les prunelles assombries par le désir, des boucles brunes retombant sur son visage, il songea qu'il n'avait jamais vu une créature aussi belle.

— Dans ma chambre, souffla-t-il.

Louise éprouvait soudain de la difficulté à respirer.

— Je te trouve bien présomptueux…

— Pas de ce petit jeu avec moi, Louise. Pas ce soir. Est-ce que tu en as envie autant que moi ?

— Oui… bien sûr, murmura-t-elle d'une voix tremblante avant de lancer un regard anxieux sur la table couverte des restes de leur dîner. Mais… il faut que je débarrasse.

Giacomo ne prit même pas la peine de relever l'absurdité de sa remarque. Il se contenta de la soulever dans ses bras et de prendre la direction de l'escalier.

— Où m'emmènes-tu ?

Il baissa les yeux sur son visage.

— Tu le sais très bien, Louise. Tu es libre de changer d'avis. Mais là tout de suite, ose me dire que tu ne veux pas coucher avec moi et je te traiterais de menteuse.

8.

Prisonnière des bras de Giacomo, prise au piège de son corps dur et brûlant contre le sien, Louise avait l'impression d'avoir perdu tout contact avec la réalité tandis qu'il grimpait les escaliers quatre à quatre et ouvrait la porte de sa chambre d'un coup de pied.

Les flammes dans la cheminée jetaient des ondulations dorées sur le lit.

Elle ne devrait pas le laisser la déposer sur le lit. Elle ne devrait pas le laisser pencher la tête vers sa poitrine pour prendre la pointe d'un sein entre ses dents au risque de déchirer la délicate dentelle de son soutien-gorge. Elle ne devrait pas être allongée ici, le corsage de sa robe rabattue sur sa taille. Elle devrait être en bas, affairée à remettre la cuisine en ordre, à préparer une pâte feuilletée pour le repas du lendemain…

Mais la violence de son désir balayait sa liste des choses à faire et à ne pas faire, balayait la logique à laquelle elle s'était accrochée comme à une ligne de vie durant tous ces mois, depuis sa séparation d'avec Giacomo. Son corps avait faim de lui. C'était une évidence. Alors, pourquoi ne pas satisfaire ce besoin charnel ? Où était le mal ? Il la désirait, elle le désirait et ils étaient toujours mari et femme. Giacomo lui avait appris à jouer de son corps pour son plaisir et pour le sien. Il avait réussi à effacer de son cerveau l'endoctrinement dans lequel sa tante l'avait élevée.

Avec lui, elle avait appris que le sexe entre deux personnes consentantes n'était pas un péché.

Elle renversa la tête en arrière pour offrir son cou aux lèvres de Giacomo, brûlantes, possessives. Elle ferma les yeux tandis qu'il faisait glisser sa robe sur ses hanches et la lui ôtait. Sentant l'air sur sa peau, elle releva les paupières et découvrit son regard posé sur elle, un regard à mi-chemin entre incrédulité et désir.

— Tu savais ce qui allait se passer ? C'est pour ça que tu portes… *ceci* ? questionna-t-il en suivant du doigt le liseré de ses bas de soie, avant de remonter plus haut effleurer l'échancrure de son slip en dentelle noire. J'adore la lingerie fine…

Elle faillit défaillir quand son doigt la caressa à travers la mince dentelle. Comment était-il possible d'arriver si vite au bord de l'orgasme après être restée chaste pendant dix-huit mois ?

Sa voix paraissait si lointaine et éraillée qu'elle la reconnut à peine, tandis qu'elle cherchait à formuler avec un semblant de logique ses pensées confuses.

— Crois-le ou pas, mais ma lingerie de tous les jours ne va pas avec une robe comme…

Comme celle que tu viens de jeter sur le sol, voulut-elle préciser. Mais il avait sorti sa chemise de son pantalon et il la retira d'un geste brusque qui fit voler des boutons à travers la pièce, la laissant sans voix.

Elle ne l'avait jamais vu ainsi. Ses yeux brûlants comme des charbons ardents arpentaient son corps. Ses lèvres étaient entrouvertes comme s'il avait du mal à respirer.

Giacomo avait été un amant merveilleux, veillant à lui procurer plusieurs orgasmes avant de satisfaire son propre plaisir. Elle l'avait toujours connu parfaitement maître de son corps – sa volonté inébranlable l'emportant toujours sur son désir féroce, avant qu'il ne l'autorise à se déchaîner. Il était l'expert et elle n'était qu'une novice. Là encore, entre eux, c'était le jour et la nuit. Elle n'avait jamais imaginé qu'il puisse perdre le contrôle.

Glissant une main dans son dos, il lui ôta son soutien-gorge qui alla rejoindre la robe sur le sol. Lentement, il caressa d'un regard appréciateur ses seins, puis son regard descendit plus bas, dévorant chaque parcelle de sa peau, la consumant dans une aura de désir. C'était si bon. Trop bon. Dangereusement bon. Un frisson d'appréhension la secoua brusquement. Où tout cela allait-il la mener ?

— Giacomo…

— Ce n'est pas le moment de discuter. Réponds-moi seulement oui ou non, Louise. Veux-tu que j'arrête ?

Oui, lui hurla sa conscience.

— Non, chuchota-t-elle.

— *Voglio soltanto*, marmonna-t-il en plongeant les doigts dans la masse de sa chevelure brune, s'emmêlant dans les boucles. Je… veux… juste…

La traduction se perdit sur ses lèvres quand il les referma sur la pointe d'un sein qu'il goûta, lécha, mordilla, jusqu'à ce que son corps se torde sous le délicieux supplice, jusqu'à ce qu'elle laisse échapper une sorte de petit miaulement – comme un chaton.

Et que Dieu lui pardonne, d'instinct, elle se mit elle aussi à le caresser. De ses doigts fébriles, elle déboucla sa ceinture, batailla avec la fermeture Éclair de son pantalon. Son impatience et sa maladresse commencèrent par amuser Giacomo, jusqu'à ce qu'il repousse ses mains pour achever de se déshabiller lui-même et se tenir face à elle en boxer.

Il la dévisagea et, l'espace d'un instant, ses yeux noirs plongés dans les siens continrent une question inexprimée à laquelle elle répondit silencieusement, car lentement, très lentement, il fit glisser les bas de soie le long de ses jambes, tout en caressant la courbe douce de ses cuisses dans un geste sensuel qui déclencha chez Louise une crispation douloureuse au creux de son ventre. Puis ce fut au tour de sa petite culotte. Louise ferma les yeux, frissonnant d'impatience de sentir les doigts de Giacomo franchir l'ultime frontière de son intimité pour caresser le plus secret d'elle-même.

Mais il ne le fit pas. Dans un souffle, il la prévint qu'il avait du mal à se contenir.

Elle rouvrit les yeux et le regarda. Avait-il conscience à quel point sa réaction était surprenante ? C'était la première fois qu'elle l'entendait reconnaître qu'il n'était pas maître du jeu.

— Alors, ne te contiens pas, chuchota-t-elle.

S'enhardissant, elle le débarrassa de son caleçon, caressa ses fesses musclées tandis qu'il glissait une main entre ses jambes, ses doigts jouant avec son clitoris, explorant son intimité.

La façon dont il l'observait lui donnait l'impression de n'être rien de plus qu'un objet sexuel, mais cela ne suffisait pas à la convaincre d'arrêter maintenant. Rien ne pouvait stopper ce qui était en train de lui arriver. Elle tremblait de la tête aux pieds, les yeux à demi-fermés, tandis que les caresses de Giacomo l'affolaient de plaisir, faisaient onduler ses hanches. Et quand il aventura un doigt en elle, puis un autre, elle ne put retenir un gémissement et se cambra encore davantage à la rencontre de la jouissance.

Le plaisir allait croissant, palier par palier, et la houle se leva dans son ventre, Giacomo l'obligeant à la subir, à en goûter chaque vague jusqu'à ce qu'elle crie son nom sous la force du plaisir et s'abandonne avec une absence totale de retenue sous son regard.

Quand la tempête s'apaisa, elle vit son sourire et comprit qu'elle devait agir – rapidement. Elle lut l'étincelle surprise dans ses yeux noirs quand elle le repoussa contre les oreillers au lieu d'écarter les jambes pour lui permettre de plonger en elle, comme elle le faisait… avant.

— Louise, gémit-il quand elle emprisonna son sexe entre ses doigts.

Là encore, elle n'avait jamais entendu cette note d'impuissance dans sa voix quand elle fit coulisser sa main de haut en bas avec légèreté et précision, comme il le lui avait appris.

Elle le regarda fermer les yeux et chercher son souffle qui s'emballait. Elle fit glisser sa main libre sur ses abdominaux qui se contractèrent sous la caresse. Les poings serrés, il tentait de se dominer, mais il était si excité qu'il pouvait à peine respirer. Et quand elle baissa la tête pour prendre son sexe dans sa bouche audacieuse, sa discipline de fer vola en éclats. Il rouvrit les yeux et la regarda, hypnotisé, au bord du précipice. Incapable du moindre mouvement, incapable de résister, il enfouit ses doigts dans ses cheveux, agrippa sa tête pour la guider et son monde se réduisit à un tourbillon de sensations pures avant d'exploser.

Louise resta étendue, la tête reposant sur son torse. Elle avait le goût de Giacomo dans sa bouche. Sous son oreille, elle entendait battre son cœur. L'instant était si parfait qu'elle aurait voulu disparaître de ce lit d'un coup de baguette magique pour être transportée sur son matelas monastique à l'étage du dessus, là où il n'y aurait ni paroles, ni questions pour gâcher ce qui venait de se passer.

Malheureusement, la vie n'était jamais si simple et après quelques minutes de silence, Giacomo roula sur le côté et lui fit face.

S'il rencontrait des difficultés de communication, en revanche, il comprenait parfaitement le langage corporel. Il plissa les yeux et promena sur elle un regard noir inquisiteur qui avait l'intensité d'un rayon laser.

— Tu ne veux pas de rapport sexuel complet ?

C'était un constat perspicace, mais brutal. Louise aurait préféré qu'il en soit autrement. Évidemment, ce n'était pas le genre de sujet que l'on peut aborder de façon légère ou romantique. Giacomo ne pouvait pas deviner qu'elle était terrorisée à l'idée de la pénétration. Parce qu'elle craignait de tomber enceinte. Et parce qu'elle avait aussi très peur de l'impact émotionnel que ce serait pour elle de fusionner de nouveau avec le corps de Giacomo. De l'accueillir en elle.

Son peu d'expérience lui avait fait prendre conscience de l'incroyable pouvoir du sexe. Il vous donnait l'impression d'être ridiculement proche d'un homme. Comme si vous ne faisiez qu'un avec lui.

Or, ce n'était qu'une illusion.

— En effet, je ne veux pas, murmura-t-elle en se mordant la lèvre inférieure.

Giacomo se redressa sur un coude.

— Tu veux bien m'expliquer ?

Louise fit non de la tête.

— Tu es sûre ?

Si elle ne le connaissait pas si bien, elle aurait pu croire déceler une pointe de compréhension dans sa voix, mais ce n'était qu'un vœu pieux. C'était non seulement stupide, mais aussi totalement inapproprié à ce stade de leur relation. Il n'y avait pas de place pour les aspirations romantiques. Pas de place pour les « peut-être » et les « si ». Elle devait être réaliste. Elle était encore ici pour deux jours. Ce serait idiot de prétendre qu'ils n'allaient pas de nouveau se retrouver au lit ensemble. L'attirance sexuelle entre eux était trop forte pour s'imaginer le contraire et prétendre qu'elle n'en avait pas envie. En théorie, il n'y avait rien de mal à vouloir prendre du plaisir, décida-t-elle. Mais là aussi, ce serait selon ses conditions. Alors, autant être claire.

— D'accord, je vais te dire pourquoi.

Giacomo la regarda fixement, l'air attentif.

— C'est trop intime, expliqua-t-elle avant de s'aventurer ensuite plus loin qu'elle n'en avait d'abord eu l'intention. Et je pense que ce serait trop perturbant pour moi.

— Perturbant ?

— Oui. Cela ne ferait que m'embrouiller l'esprit.

Elle haussa les épaules, sans se soucier de ses seins nus – elle s'était toujours sentie incroyablement à l'aise, nue avec Giacomo. Et c'était une raison de plus pour sortir ce qu'elle avait sur le cœur avant qu'il ne l'enveloppe de son charme et ne lui fasse oublier ses doutes et ses peurs.

— J'aurais du mal à me rappeler où nous en sommes aujourd'hui, Giacomo. C'est-à-dire sur le point de divorcer.

Elle força un sourire sur ses lèvres.

— Bon… Je crois que c'est le signal qu'il est temps pour moi de monter dans ma chambre.

Il ne réagit pas – pour être honnête, elle non plus. Elle se remettait à peine de son orgasme et se sentait sans forces. Et puis, c'était tellement chaud et doux ici, avec Giacomo étendu près d'elle. Leurs corps ne se touchaient pas, mais elle percevait sa chaleur. Elle trouvait bizarre d'être allongés tous les deux dans un silence complice alors qu'approchait la fin de leur mariage. Et elle voulait retenir un peu de ce moment, de cette illusion de bien-être qu'elle n'avait pas ressentie depuis très longtemps.

Au bout d'un moment, Giacomo tendit la main vers ses cheveux et Louise ne l'arrêta pas quand il se mit à brosser ses longues mèches brunes entre ses doigts comme il le faisait autrefois, dans un rythme hypnotique. Peu à peu, le désir renaissait en elle, l'excitation courait le long de ses nerfs, sa peau irradiait, ses seins se tendaient. Et elle se demanda après coup ce qui serait arrivé si les paroles de Giacomo n'avaient pas envoyé dans la stratosphère cette sensation de quiétude.

— Tu étais vierge quand nous nous sommes rencontrés.

C'était un constat, pas une question. Louise sentit sa bouche s'assécher.

— Tu viens de te souvenir ?

Il enroula une mèche de cheveux autour de son doigt.

— D'une certaine façon.

L'anxiété lui noua l'estomac. Elle aurait tant voulu rester dans le présent plutôt que de retourner dans le paysage amer du passé.

— De quoi te rappelles-tu exactement ?

Le regard de Giacomo se fit songeur, comme s'il était ailleurs.

— Nous sommes allés dans ton studio… Je me souviens du bruit des avions.

— C'était bruyant en effet, confirma-t-elle avec une fausse désinvolture. J'habitais près de l'aéroport, là où les loyers sont modestes.

Il poursuivit comme s'il ne l'avait pas entendue.

— Il me semble que j'ai découvert ton inexpérience une fois au lit.

Il marqua une pause et soudain, son visage s'assombrit.

— Je te le demande une fois de plus, Louise. Ai-je abusé de toi ?

— Crois-tu que je me serais laissé faire ? Tu t'imagines qu'aucun homme ne m'avait encore jamais fait d'avances ? Tu penses que j'étais incapable de savoir ce que je voulais ?

— Non. Tu savais exactement ce que tu voulais. Tu étais si menue et si déterminée. Si ardente… Tu as noué tes bras et tes jambes autour de moi et tu as dit que tu ne voulais pas que je m'arrête.

La voix de Giacomo se fit sourde.

— Alors, nous avons continué.

Il y avait quelque chose de nouveau dans sa façon de parler, dans ses yeux. D'instinct, elle se rapprocha de lui et l'enveloppa dans ses bras, mais cette fois, ses doigts rencontrèrent le relief des cicatrices qui balafraient son dos.

Il tressaillit.

— Ce n'est pas joli, joli, hein ?

Elle ne répondit pas tout de suite.

Lentement, elle traça le dessin des cicatrices du bout des doigts, consciente qu'il avait probablement fait exprès de lui montrer son dos quand elle l'avait croisé à moitié nu dans le couloir un peu plus tôt.

— Ce sont les petites imperfections qui attirent les gens, observa-t-elle doucement. Prends un gâteau acheté chez le pâtissier, par exemple. Il est impeccable d'aspect extérieur. Mais pose-le à côté d'une version faite maison, un peu moins parfaite, je peux t'assurer que c'est ce dernier qui partira le premier.

Giacomo sourit.

— On m'a déjà comparé à beaucoup de choses, mais jamais à un gâteau.

Elle le dévisagea, troublée par ce sourire. Un sourire qui n'en rendait sa bouche que plus désirable. Un sourire addictif.

— Il faut que j'y aille, murmura-t-elle à contrecœur en laissant ses mains retomber.

Giacomo secoua la tête.

— Rien ne t'y oblige. Ferme les yeux. Tes paupières sont lourdes. Aussi lourdes que du plomb. Allez, ferme les yeux.

Avait-il récemment suivi une formation à l'hypnose ? se demanda Louise, sentant sa méfiance s'endormir.

Elle devait être exténuée ou plus sensible à la poussée d'endorphines qu'elle ne l'imaginait, parce que quand elle rouvrit les yeux, le feu dans la cheminée était éteint et une lumière étrangement vive éclaboussait la chambre.

Elle battit des paupières et retint son souffle, n'osant

bouger. Elle avait l'impression d'être seule… Lentement, elle tourna la tête sur le côté, partagée entre soulagement et déception quand elle vit que l'immense lit n'était que pour elle. Giacomo n'était plus là.

Elle se renfonça contre les oreillers en songeant à ce qu'elle avait fait. À ce qu'il avait fait. À ce qu'ils avaient dit et à la façon dont elle avait réagi.

Elle avait fait fi de toute prudence en couchant avec Giacomo. Elle avait baissé la garde et maintenant elle était tiraillée par des émotions contradictoires. Son cœur et son corps battaient de désir pour lui, alors même qu'elle souhaitait qu'il sorte de sa vie.

Elle balaya la chambre du regard.

La robe rouge ne gisait plus sur le sol. Elle était soigneusement pliée sur le dossier d'une chaise. Avec ses sous-vêtements et la paire de bas de soie noire. Elle pourrait les enfiler et se faufiler discrètement jusqu'à l'étage du dessus, en priant pour qu'il ne l'entende pas avant qu'elle ait atteint sa chambre. Ou bien, elle pourrait faire preuve d'audace et emprunter un de ses pulls…

Elle en trouva un, posé négligemment sur une étagère dans le dressing – un pull en lainage, couleur indigo, qu'elle reconnut. Elle l'enfila. Il lui arrivait à mi-cuisse et l'enveloppait de son parfum.

Le parfum de Giacomo.

Elle ferma les yeux.

Elle aurait voulu ne plus sentir le coup de poignard des regrets et du chagrin transpercer son cœur quand elle pensait à lui. Elle aurait voulu ne plus souffrir à l'idée que cette comédie serait bientôt terminée. Mais c'était sans doute trop demander. C'était sa punition pour l'avoir laissé faire… pour s'être laissé de nouveau séduire.

Pieds nus, elle s'approcha de la fenêtre et poussa un petit cri surpris.

Durant la nuit, la neige avait recouvert le parc d'un épais manteau blanc. Et sous la lumière douce du matin, le givre étincelait, transformant le paysage en une scène de conte de fées qui gonfla le cœur de Louise d'une joie insensée.

Et cela aussi, c'était dangereux…

9.

La cabine de douche à l'étage des domestiques ne procura pas à Louise ce qu'elle cherchait – un jet d'eau suffisamment puissant pour effacer le parfum et le souvenir de la nuit passée. Elle laissa cependant l'eau ruisseler sur son corps en augmentant le débit d'eau chaude jusqu'à la limite du supportable. Puis elle enfila son uniforme de travail car il lui semblait que c'était le meilleur moyen de reprendre leurs rôles respectifs et de rétablir les barrières entre elle et Giacomo.

Elle trouva ce dernier là où elle s'y attendait le moins – dans la cuisine. Une cuisine quasi méconnaissable avec ses surfaces étincelantes de propreté et bien rangées. Où étaient passés les restes du dîner, les casseroles sales, le sachet de farine et le batteur à œufs ? Tout ce désordre qu'elle avait laissé derrière elle quand Giacomo l'avait emmenée dans son lit ?

La cuisine sentait bon le café. Il se tenait devant le plan de travail, de dos. Des boucles brunes s'égaillaient, indisciplinées, sur le col de son pull noir ajusté qui soulignait sa carrure athlétique. Plus bas, il portait un jean qui descendait négligemment sur ses hanches étroites… Le désir transperça Louise. Elle fut aussitôt assaillie par l'image de ses doigts caressant le sexe de Giacomo.

Bon sang ! La communication entre eux promettait d'être

suffisamment compliquée comme ça pour ne pas se laisser distraire par des images indécentes. Elle devait se ressaisir.

— C'est bon, je t'ai laissé assez de temps ? dit-il sans se retourner.

La question prit Louise au dépourvu.

— Assez de temps pour… quoi ?

Il pivota lentement vers elle.

Elle aurait préféré qu'il reste de dos parce que c'était plus facile de lui parler quand il ne la regardait pas – quand ses yeux noirs ne la fouaillaient pas, froidement, cliniquement, comme les doigts habiles d'un chirurgien cardiaque dans une poitrine ouverte, décelant chacune de ses pensées.

Il avait pris une douche et s'était changé, mais il n'avait pas pris la peine de se raser. Et l'ombre de barbe sur ses joues renforçait l'atmosphère d'intimité et de danger entre eux.

— Le temps de m'observer, répondit-il, l'œil ironique. Et de réfléchir à ce que tu allais dire concernant ce qui s'est passé cette nuit.

— Il faut croire que ce genre de scène du lendemain t'est familière, rétorqua Louise en haussant les sourcils. À moins que tu n'aies le don de voyance.

— C'est « non » à ta première remarque et un possible « oui » à la seconde dès qu'il s'agit de toi.

Giacomo lui lança un regard de défi.

— Alors, j'ai raison ?

Louise hocha la tête avec un soupir.

Ils avaient convenu d'être honnêtes l'un envers l'autre. Et le moins qu'on puisse dire, c'est qu'ils avaient été très intimes ces dernières heures. Alors, à quoi bon jouer les pucelles effarouchées ?

— Ce truc entre nous, la nuit dernière…

— Ce truc ? répéta Giacomo avec l'ombre d'un sourire en coin.

— Oui, ce qui s'est passé, reprit-elle d'une voix plus

ferme. Ce n'était pas censé se produire et, forcément, c'est un peu… gênant.

Giacomo la dévisagea, l'air mi-amusé mi-perplexe. Puis il sortit deux sets de table qu'il posa sur la table.

— Assieds-toi, Louise. Je vais te servir un café.

— Normalement, c'est mon boulot, objecta-t-elle, tout en s'asseyant parce que ses genoux flageolaient quand il la regardait ainsi. D'ailleurs, qu'est-ce que tu fais dans cette cuisine ? C'est toi qui as tout nettoyé et rangé ?

— Que crois-tu ? Qu'une armée de domestiques invisibles est passée par là ? Voilà que tu rougis. C'est mignon. Bon, je ferais mieux de te préparer un petit déjeuner.

— Un *petit déjeuner ?*

— Oui, tu sais ? Le premier repas du matin, ou dans le cas présent…

Il jeta un coup d'œil sur sa montre.

— … à bientôt midi, nous parlerons plutôt d'un brunch.

Louise le fixa, l'air sidéré.

— J'ai dormi si longtemps ?

— On dirait.

— Et toi ? Où…

La bouche sèche, elle ne put terminer sa question.

— Où j'ai dormi ? acheva Giacomo avec un petit sourire narquois.

Vexée, Louise pinça les lèvres.

— Je vais finir par croire que tu es télépathe. Si ça continue, nous allons t'acheter une boule de cristal et te produire en spectacle, cet été.

Il sourit.

— Pour répondre à la question qui te tracasse, sache que j'ai dormi dans la chambre d'à côté car j'ai pensé que tu préférerais être seule.

Elle aurait surtout préféré qu'il évite de sourire ainsi et qu'il ne soit pas aussi prévenant. Parce que c'était le meilleur moyen d'inciter une femme à se faire des idées. Ce qu'elle devait à tout prix éviter.

Alors cesse d'espérer qu'il va poser cette fichue capsule de café et venir t'embrasser, susurra sournoisement sa conscience.

— Tu as bien fait, marmonna-t-elle. Merci.

— De rien.

Il lui tendit une tasse de café, accompagné d'un petit pot de lait.

— Sans sucre, n'est-ce pas ?

Elle hocha la tête et versa un trait de lait dans sa tasse.

— Tu te souviens d'autres choses ?

— Quelques-unes, par-ci par-là. Comme tu l'as dit l'autre jour, des détails insignifiants, mais qui, pris dans leur ensemble, commencent à former une image.

Louise sirota une gorgée d'expresso – délicieux, au demeurant –, appréhendant le retour des souvenirs de Giacomo. Ne ferait-elle pas mieux de tout déballer maintenant ? Non, elle ne pouvait se résoudre à gâcher ce fragile sentiment de quiétude avec le plus déchirant des souvenirs – pas le jour de Noël, alors que Giacomo semblait pour une fois si… détendu. Elle prit une autre gorgée de café. Elle attendrait qu'*il* se souvienne – point sur lequel il avait lui-même insisté dès le début.

Froussarde, se moqua la petite voix sous son crâne. Mais elle la fit taire et regarda Giacomo préparer des toasts. C'était le genre d'intimité toute simple dans un couple qu'ils n'avaient jamais partagée quand ils vivaient sous le même toit.

— Une omelette ? questionna-t-il.

— Super. Je ne pensais pas que tu *savais* cuisiner. Je t'ai toujours vu entouré de domestiques.

— Comme quoi, il faut se méfier des apparences et éviter les suppositions.

Il la regarda par-dessus le bol dans lequel il fouettait les œufs.

— Tu crois qu'un gamin élevé à l'orphelinat n'a pas appris à se débrouiller seul ?

Sa voix avait soudain pris le tranchant de l'acier.

Louise hésita.

— Je ne sais pas. Tu ne m'en as jamais vraiment parlé. Tu m'as juste dit que c'était un endroit sinistre et que la meilleure chose qui te soit arrivée, ce fut le jour où tu as pu le quitter.

Giacomo versa les œufs sur le beurre qui grésillait dans la poêle. Louise avait raison. Il évitait d'en parler. Il gardait tout pour lui. Moins les gens en savaient, moins ils avaient d'emprise sur lui. C'était sa règle d'or.

— Pourquoi devrais-je parler d'une expérience qu'il vaut mieux oublier ? dit-il en poussant une assiette d'omelette vers Louise.

Il crut voir une lueur désappointée dans ses prunelles bleues, mais elle détourna rapidement la tête pour prendre un toast.

Elle était différente, ce matin – loin de la séductrice en robe et talons aiguilles de la veille. Il avait été surpris et un peu déçu de la voir réapparaître dans son uniforme d'employée, signe qu'elle tenait à rétablir leur relation sur un plan exclusivement professionnel. Dommage… Il avait savouré chaque instant de l'issue peu professionnelle de leur dîner de Noël.

Elle était cependant très belle même fagotée ainsi, songea-t-il en la regardant assise à table, avec ses boucles brunes rassemblées en chignon qui mettait en valeur l'ovale de son visage. Ses joues étaient roses, tout comme ses lèvres qui formaient un arc parfait alors qu'elle prenait une bouchée d'omelette. Elle avait l'air d'une femme séduite et comblée – enfin… pas tout à fait.

Il se demanda quelle serait sa réaction s'il lui avouait qu'il n'était pas directement parti dormir dans la chambre d'à côté, la nuit dernière.

Il était resté allongé près d'elle jusqu'à l'aube, à la regarder dormir. S'il l'avait caressée, il savait qu'elle se serait tournée vers lui, les yeux encore fermés. Elle serait revenue dans ses bras, et ses lèvres auraient cherché les siennes dans l'obscurité. Ensuite, qui sait comment ça se serait terminé ? Il connaissait la réponse. L'alchimie entre eux était trop puissante pour résister à une telle tentation. Leurs peaux, leurs corps, se seraient mêlés dans une danse langoureuse.

Mais il ne voulait pas la posséder ainsi. Il voulait qu'elle lui dise qu'elle le désirait en elle. Il la voulait ardente et insatiable, pas à moitié endormie.

Sa mâchoire se crispa.

La fusion de leurs corps était-elle l'unique moyen de réveiller sa mémoire ? Il avait le sentiment que tout lui reviendrait à la seconde où il plongerait en elle. Mais peut-être n'était-ce qu'une façon de justifier cette envie féroce qu'il avait de la posséder à nouveau.

Perturbé par cette brusque attaque de désir, il mangeait de façon mécanique, tandis que Louise semblait entièrement concentrée sur son omelette – prenant un temps fou pour la déguster comme si elle trouvait plus facile de manger que de parler. Mais quand elle ne put faire traîner davantage le brunch en longueur et qu'elle repoussa son assiette, Giacomo se renversa contre le dossier de sa chaise et la fixa de ses yeux noirs.

— Si nous sortions nous promener ?

Surprise, elle glissa un coup d'œil vers la fenêtre.

— Maintenant ?

— Pourquoi pas ?

— Eh bien…

Elle désigna la table.

— Je dois d'abord débarrasser.

— Laisse tomber.

— Impossible. Tu me paies pour ce travail et ce serait manquer à mon devoir que de m'en aller en laissant la cuisine en désordre comme je l'ai fait hier soir.

Pinçant les lèvres, Louise ajouta :

— Ne dit-on pas « une fois, c'est une erreur, mais deux fois, c'est une faute » ?

— Tu considères que la nuit dernière était une erreur, Louise ?

Elle déglutit et il lui fallut une ou deux secondes avant d'acquiescer.

— J'en suis convaincue.

— Pourtant, cela t'a plu.

— Évidemment. Mais ce n'est pas bien pour autant.

Il blinda son cœur contre l'appel à la compréhension qu'il lisait dans ses yeux, parce qu'il avait envie de Louise. Terriblement envie. Et qu'elle aussi avait envie de lui.

— Puisque tu parles de devoir, très bien, dit-il calmement. En tant qu'employeur, c'est moi qui décide de ton emploi du temps. Ce matin, j'aimerais que tu viennes faire un tour avec moi.

— C'est donc un ordre plutôt qu'une invitation ?

— Si c'est plus acceptable pour toi, alors *oui*, c'est un ordre.

Avait-elle été toujours aussi méfiante avec lui ? s'interrogea-t-il une fois de plus. Y avait-il toujours eu cette note de circonspection dans les profondeurs bleutées de son regard, cette impression qu'elle analysait tout ce qu'il disait avec précaution ? Avait-il donc été un mari si difficile à vivre ? Dans ce cas, peut-être devrait-il lâcher un peu de lest, la laisser tranquille…

Mais contre toute attente, Louise hocha la tête et avec un sourire. Et cette fois encore, Giacomo fut frappé par son sourire. Un sourire aussi lumineux qu'un rayon de soleil transperçant le brouillard dense du petit matin pour éclairer le monde.

Il sentit soudain l'émotion comme un poing serré dans sa poitrine qui se retournait pour agripper son cœur. Il se raidit contre cette souffrance émotionnelle, celle avec laquelle il avait grandi, celle qu'il avait passé sa vie à fuir comme la peste.

— D'accord, acquiesça Louise. Je monte me changer.

Elle revint cinq minutes après, vêtue d'un jean, de son vieil anorak et d'un bonnet en laine.

Il posa sur elle un regard interrogateur.

— Tu n'as rien trouvé d'autre à te mettre ?

— Bien sûr que si. Il y a là-haut, dans le dressing, un manteau en cachemire qui doit coûter l'équivalent d'un an de salaire et une très jolie toque en fourrure d'alpaga. Parfait pour une épouse de milliardaire. Ce que je ne suis plus, Giacomo. Plus maintenant. En revanche, là, c'est moi. À prendre ou à laisser.

En dépit de son ton ferme, limite provocant, Louise ne savait plus vraiment où se situer, tandis qu'elle suivait Giacomo dehors.

Elle se faisait l'effet d'une sorte de femme hybride entre celle qu'elle avait été et celle qu'elle était maintenant. Elle se sentait étrangement *vivante* - comme elle ne l'avait plus été depuis qu'elle avait quitté Giacomo. Et elle redoutait déjà le moment où leurs chemins allaient de nouveau se séparer. Il prendrait un vol pour Milan et elle le volant de sa Coccinelle pour Stanwell. Ils se diraient adieu… Et cette fois, ce serait pour de bon. Pour toujours.

Combien de temps lui faudrait-il pour l'oublier ?

Ils se frayaient un chemin à travers l'épais manteau blanc scintillant sous le pâle soleil hivernal. La neige adoucissait les angles du château, enveloppant le site d'une aura magique. C'était sans conteste le plus beau décor de Noël qu'on puisse imaginer. Un décor qui ne suffisait pas cependant à détourner l'attention de Louise du profil régulier de son compagnon – le nez droit, les pommettes hautes, le menton volontaire, son visage bronzé aux traits d'une rare beauté…

Bon sang, pourquoi avait-elle accepté de venir ici ? Fallait-il qu'elle soit sotte pour se croire immunisée contre le charme ensorcelant de Giacomo. Pour croire qu'elle pourrait s'autoriser à passer outre ses émotions et s'en sortir indemne.

— C'est magnifique, souffla-t-elle en essayant d'écarter ses pensées du gouffre des regrets.

— En effet, acquiesça Giacomo.

Mais il ne regardait pas le paysage. C'était elle qu'il regardait, et elle aurait préféré qu'il n'en fît rien parce que l'éclat d'obsidienne dans ses yeux faisait battre son cœur.

— Descendons jusqu'au lac, proposa-t-elle avec une soudaine vivacité pour dissimuler son trouble.

L'étendue d'eau avait disparu sous une épaisse couche blanche. Mais si le paysage avait l'air différent, sous la surface, il restait le même. Tout comme eux, songea Louise avec tristesse. Exactement comme eux.

— Nous avons fait cette promenade, ensemble, un jour de Noël, n'est-ce pas, Louise ? déclara soudain Giacomo alors qu'ils rebroussaient chemin pour rentrer au château.

— Oui, murmura-t-elle en ralentissant le pas.

— Je te tenais la main, ajouta-t-il lentement.

Louise sentit la boule se former dans sa gorge. Elle aurait voulu lui dire d'arrêter, mais elle n'en avait pas le droit – parce qu'elle était ici pour *ça*. C'était l'unique raison de sa présence ici. Pour ramener Giacomo dans le passé… Ce jour-là, il avait emprisonné ses doigts gantés dans sa main et elle s'était sentie protégée et aimée.

Bizarre comme un simple geste signifiait parfois bien plus qu'une nuit d'ébats torrides.

— Je t'avais fabriqué un bonhomme de neige, poursuivit Giacomo.

Elle acquiesça d'un léger signe de tête. Il semblait incroyable aujourd'hui qu'il ait pu prendre le temps de lui faire un bonhomme de neige. C'était pourtant ce qu'il avait fait. Fidèle à lui-même, Giacomo avait réalisé le plus grand et le plus beau bonhomme de neige du monde – aux yeux de Louise, bien sûr. À l'époque, il aurait collé deux morceaux de charbon sur un monticule enneigé, elle se serait extasiée de la même façon.

— Tu l'as fait dans la cour pendant que je bouquinais devant la cheminée. Ensuite, tu es venu me chercher, tu m'as bandé les yeux, tu m'as prise par la main et tu m'as emmenée dehors pour me faire la surprise.

Il y eut un silence.

— Tu veux que je t'en fasse un autre ?

Sa question inattendue faillit la faire craquer. Peut-être parce qu'elle lui rappelait la tendresse qu'il lui avait manifestée autrefois.

La part irrationnelle chez Louise voulait répondre *oui, s'il te plaît*, mais l'autre part – celle du bon sens – l'en dissuada juste à temps. Les contes de fées n'existaient pas dans le monde réel. Giacomo n'inclinerait pas la tête pour l'embrasser avec douceur. Plus maintenant. Les seuls baisers qu'ils échangeaient appartenaient à la catégorie des préliminaires sexuels.

— J'ai passé l'âge des bonshommes de neige, répondit-elle, soulagée de pousser la porte du château.

Elle ôta rapidement son anorak et secoua la neige de ses bottes, tandis que Giacomo refermait derrière eux.

— Excuse-moi. Il faut que je récupère mon téléphone.

Sans perdre une seconde, elle prit la direction de la salle

à manger et là encore, une surprise l'attendait. Giacomo avait débarrassé le couvert de la veille, ici aussi, et allumé un feu dans la cheminée dont les flammes se reflétaient dans les boules du sapin de Noël.

Son téléphone était posé là où elle l'avait laissé la veille, sur la table basse devant le canapé. Elle le mit dans sa poche et quand elle se retourna, Giacomo se tenait sur le seuil, le regard rivé sur elle. Quelque chose crépita entre eux, un courant puissant que ni la logique, ni la raison, ne pouvaient endiguer. Lentement, il s'avança vers elle en plissant les yeux comme s'il essayait de voir clair, au plus profond de ses pensées, de ses secrets, de ses désirs…

— Louise ?

L'interrogation était sujette à multiples interprétations, mais elle savait très exactement ce qu'il demandait. L'espace d'un instant, elle resta sans voix, submergée par l'émotion.

— Oui, répondit-elle enfin dans un souffle. Oui.

C'était le consentement et le désir exprimés dans ce seul mot. Et Giacomo sentit le sang rugir dans ses veines quand il inclina la tête pour l'embrasser. Il avait l'impression qu'il y avait une éternité qu'il n'avait pas goûté ses lèvres, alors qu'il n'y avait que quelques heures. Et pourtant, c'était comme si la nuit dernière n'avait fait qu'aiguiser sa faim – ou lui rappeler tout ce qui lui avait manqué – parce qu'en cet instant, son désir pour Louise était hors de contrôle.

Ses mains longeaient sa silhouette, la serraient contre lui, s'emmêlaient dans ses cheveux. Elle gémit quand il les glissa sous son pull pour emprisonner ses seins dans ses paumes. Il sentit leurs pointes se raidir sous ses doigts et elle se cramponna à lui, le visage au creux de son épaule. Elle était comme de la cire sous ses doigts, au bord du gouffre. Et lui-même était si excité qu'il ne pensait pas réussir à atteindre le lit à l'étage. Il avait besoin de la caresser, de la goûter, de la faire crier de plaisir, là, tout de suite. Sur le tapis, devant la cheminée. Ils avaient fait l'amour ici, avant, se souvint-il brusquement. Plus d'une fois.

Laissant libre cours à la faim qui le tenaillait, il l'allongea sur le tapis, souleva son pull et le fit passer par-dessus sa tête. Puis il dégrafa son soutien-gorge pour libérer ses seins et les caresser tout à loisir, les lécher, les mordiller jusqu'à ce qu'elle s'arc-boute entre ses bras, mêlant ses doigts à ses cheveux, s'agrippant à ses épaules. Il descendit alors la fermeture Éclair de son jean et traça du bout des doigts le chemin vers son ventre.

— Aide-moi, la pressa-t-il.

Jamais Louise ne l'avait vu aussi tendu. Elle souleva les hanches pour lui faciliter la tâche. Elle se demanda s'il avait remarqué qu'elle était revenue aux sous-vêtements traditionnels en coton blanc de Louise Greening. Mais cela ne semblait pas le déranger, tandis qu'il insinuait ses doigts sous le mince rempart de sa petite culotte pour la faire glisser le long de ses jambes, suivant le chemin de ses mains avec ses lèvres.

Éperdue de désir, elle n'eut pas la force de protester quand il baissa la tête entre ses cuisses pour la goûter du bout de la langue. Elle ferma les yeux et se cambra avec un petit cri sous l'assaut de sa bouche et lorsqu'il enfonça sa langue au plus secret d'elle-même, elle se mit à trembler de la tête aux pieds. Elle pouvait à peine respirer sous ses caresses implacables, diaboliques de précision. Il prenait tout son temps, la torturant de la langue et de ses mains, tour à tour rude ou doux, généreux ou avide, l'affolant de plaisir, ne lui laissant aucun répit, exigeant qu'elle s'abandonne.

Et elle s'abandonna.

Elle resta un moment immobile, le temps de reprendre son souffle, le visage enfoui dans le cou de Giacomo. Puis elle contre-attaqua et posa la main sur son érection.

— À ton tour, murmura-t-elle en déboutonnant son pantalon avec une lenteur délibérée. Allonge-toi.

Elle sentait son regard rivé sur elle, comme s'il était surpris par son audace tandis qu'elle caressait son sexe palpitant du bout de la langue. Elle essaya de le torturer de la même façon qu'il l'avait torturée, mais il semblait trop proche du précipice pour supporter un tel jeu. Et le son rauque qui lui échappa ressemblait davantage à une supplique qu'à un ordre. Alors, elle le prit dans sa bouche et presque aussitôt, son corps se tendit vers elle, secoué par les spasmes de sa jouissance.

Puis elle s'étendit contre lui et dans le silence grandissant, tandis que leurs souffles s'apaisaient, elle avait l'impression d'être tiraillée entre le passé et le présent – comme une naufragée sur un youyou sans rame ni gouvernail, ballottée d'une vague à l'autre au milieu d'une mer démontée. Elle mourait d'envie de faire *vraiment* l'amour avec lui, de fusionner avec lui. Comme autrefois. Elle avait envie de leurs corps bougeant en rythme, fondus l'un dans l'autre au point de les rendre indiscernables. Mais elle avait encore si peur. Son pouls s'accéléra. Ce jeu était trop dangereux…

Au bout d'un moment, Giacomo se redressa sur un coude et la contempla.

— Tu es très douée dans l'art de donner du plaisir à un homme.

— C'est toi qui m'as appris tout ce que je sais.

Du bout des doigts, il dessina la courbe de ses lèvres.

— Dis-moi… Il y a eu quelqu'un d'autre ?

Elle vit passer dans ses yeux une lueur primitive.

— Bien sûr que non. Je t'ai promis fidélité et nous sommes toujours mariés que je sache.

— C'est pour cette seule raison que tu es restée chaste ? insista Giacomo. À cause des vœux prononcés le jour de notre mariage ?

Louise soutint son regard.

— Je t'ai offert ma virginité pour une bonne raison, Giacomo, dit-elle calmement. Ce que j'ai ressenti pour toi, ce soir-là, je ne l'avais jamais ressenti pour personne d'autre. Et cela n'a pas changé.

Le lent sourire qu'il lui offrit indiquait clairement qu'il était satisfait de sa réponse. Elle n'osait cependant lui retourner la question.

— Je trouve un peu paradoxal, murmura-t-il en caressant ses cheveux. Que nous en soyons aujourd'hui au stade des préliminaires prolongés, contrairement au premier soir où nos chemins se sont croisés.

— Cela te contrarie ?

— Cela me frustre, mais ne me contrarie pas.

Giacomo marqua une pause.

— S'agissant de toi, rien ne peut me contrarier.

Ce n'était sans doute que les paroles d'un homme dont la libido venait d'être comblée. Pourtant, elle avait l'impression que c'était pour la rassurer. Et cela lui rappelait les espoirs et les rêves qu'elle avait nourris ici même, deux ans plus tôt. Cela lui rappelait aussi qu'elle devait vite s'extirper des bras de Giacomo avant de se remettre à rêver de bonheur éternel.

— On ferait mieux de bouger.

Mais son corps était en totale contradiction avec ses paroles. Ses membres lui semblaient lourds comme du plomb, incapables du moindre mouvement.

— Attends.

Giacomo posa l'index au coin de sa bouche, puis le laissa glisser le long de son cou jusqu'à la pointe d'un sein qui se dressa instantanément. Elle ferma les yeux…

— J'ai une proposition à te faire.

La détermination dans sa voix tira Louise de sa bulle de contentement. Elle rouvrit les yeux.

— Laquelle ?

— Tu étais censée rester avec moi quatre jours, n'est-ce pas ?

— C'est ce qui est écrit dans mon contrat. Je pars après-demain ?

— Mais quatre jours, ce n'est peut-être pas assez.

Louise s'efforça d'adopter un ton neutre.

— Pas assez pour… ?

— Pour retrouver tous mes souvenirs. Je n'en ai récupéré qu'une partie, répondit Giacomo en promenant une main caressante sur la courbe satinée de sa hanche. Et puis… toi et moi, nous avons établi une sorte de trêve.

Elle n'aimait pas ce terme. Une trêve n'était qu'une accalmie au cours d'une bataille.

Mais le divorce est une bataille, lui rappela sournoisement une petite voix sous son crâne.

Elle roula sur le ventre pour échapper aux caresses tentatrices.

— Où veux-tu en venir, Giacomo ?

— Je dois retourner à Milan. J'ai des affaires en cours auxquelles je ne peux me soustraire. Et puisque c'est là-bas que nous avons passé une grande partie des mois dont j'ai perdu le souvenir, nous y retrouver ensemble pourrait être salutaire pour ma mémoire.

Son regard noir s'embrasa dangereusement.

— Raison pour laquelle je propose que nous revenions au plan A.

10.

Cette fois, Louise n'avait pas pu refuser de porter le manteau en cachemire ni la toque en fourrure d'alpaga qui constituaient les accessoires essentiels à son ultime réincarnation en épouse de milliardaire.

Alors que le jet privé amorçait sa descente vers Milan, elle ferma les yeux, l'estomac noué par le trac à la perspective de la comédie qu'elle s'apprêtait à jouer en public à présent, et non plus à huis clos.

Elle avait accepté de revenir en Italie en tant qu'épouse de Giacomo – une décision insensée à tout point de vue.

« Plan A » avait-il précisé alors qu'ils étaient étendus à moitié nus devant la cheminée et qu'il promenait ses mains sur son corps, la déconcentrant, renforçant la confusion de ses émotions qui n'avait cessé de croître dès l'instant où elle avait franchi les grilles du château.

Elle s'était laissé convaincre de poursuivre cette dangereuse comédie, tout simplement parce qu'elle n'avait pas eu le courage de lui dire adieu…

Elle rouvrit les yeux et lissa du plat de la main le fin lainage de sa robe haute couture. Elle ne devait surtout pas prendre son nouveau rôle *trop* au sérieux. Elle ne porterait bientôt plus le nom de Giacomo. Elle n'était qu'un aide-mémoire. C'était ce qu'il attendait d'elle.

Qu'elle joue un rôle.

Qu'elle fasse semblant d'être quelqu'un qu'elle n'était pas.

Pour lui permettre d'obtenir ce qu'*il* voulait.

Parce qu'aux yeux de Giacomo, sa réputation était au moins aussi importante que sa mémoire. Il voulait faire d'elle un sujet de diversion. Cette comédie de réconciliation conjugale n'était qu'un leurre destiné à détourner l'attention du fait que le puissant milliardaire n'était peut-être plus au top de ses facultés depuis son accident de ski. Il le lui avait clairement fait comprendre dès le début au Black Duck Cafe et depuis, rien n'avait changé.

Cette intimité sexuelle qu'ils avaient curieusement retrouvée n'était que la cerise sur le gâteau. Louise n'était pour Giacomo qu'un moyen d'arriver à ses fins. Et s'il avait suffi de quelques discussions et d'une série d'orgasmes pour la distraire du but initial de leur accord, elle ne pouvait s'en prendre qu'à elle-même. Il ne lui avait rien promis. Il ne lui avait donné aucun espoir. Il n'avait pas fait mine de se confier davantage. Il n'avait absolument pas laissé entendre qu'il souhaitait s'engager cette fois dans une vraie vie de couple – en tout cas pas le leur. Bref, il était aussi hermétique qu'autrefois.

Mais il restait encore quelque chose d'inachevé entre eux. Un fragment de mémoire en suspens…

Il ne se souvenait toujours pas du bébé.

La douleur aiguë du souvenir lui coupa le souffle.

Si Giacomo n'avait pas retrouvé toute sa mémoire d'ici la fin de son séjour, elle n'aurait d'autre choix que de lui proposer de combler les vides. S'il le souhaitait, elle lui parlerait alors de la fausse couche et la boucle serait bouclée. Ils pourraient tourner la page et repartir chacun de leur côté.

Elle appuya son front au hublot.

Ce n'était pas ce que son cœur désirait.

— Nous allons atterrir, fit une voix douce. Bienvenue à Milan, Signora Volterra. Contente de vous revoir.

— *Grazie*, dit Louise en tournant la tête vers le visage souriant de l'hôtesse de l'air.

Elle nota le diamant qui étincelait au doigt de la jeune femme, signe de récentes fiançailles. Il existait tout de même des mariages heureux, se dit-elle en forçant un sourire sur ses lèvres.

— Je suis contente de rentrer.

Giacomo attendit que l'hôtesse se fût éloignée pour relever les yeux de son ordinateur portable.

— Tu penses vraiment ce que tu viens de dire ?

— Je joue mon rôle comme prévu. Mais demande-moi si j'apprécie de voyager en jet privé et je te répondrais oui en toute sincérité. J'avais oublié à quel point c'est facile de se déplacer n'importe où quand on est l'épouse d'un milliardaire, ajouta Louise avec un sourire ironique. C'est mieux que de faire la queue à l'aéroport.

— Pourtant, cela ne t'a pas incitée à rester. Beaucoup de femmes considèrent que l'argent et les privilèges qui vont avec sont une raison suffisante pour s'accommoder d'un mariage bancal. Pas toi.

— Le bonheur à quel prix ? C'est là toute la question. En réalité, sans lui, tout l'or du monde ne vaut rien.

Giacomo plissa les yeux, l'air songeur, mais ne releva pas.

Tandis qu'ils descendaient les escaliers de la passerelle et se dirigeaient vers la limousine qui les attendait sur le tarmac, la petite voix dans la tête de Louise lui rappela que la seule chose qui intéressait Giacomo, c'était les affaires. Rien d'autre. Il avait travaillé pendant tout le vol. Il lui avait ensuite annoncé qu'ils étaient attendus à une réception ce soir, et le lendemain soir aussi.

Il la jetait dans la fosse aux lions de la haute société milanaise sans se soucier de savoir si ce n'était pas un petit peu trop pour elle. Et si la soudaine réapparition de son épouse sur le devant de la scène ne risquait pas de susciter plus de questions qu'elle n'apportait de réponses.

Elle ne pouvait cependant nier les sentiments conflictuels que provoquait en elle ce retour dans le magnifique appartement-terrasse sur les toits de Milan. Les hauts plafonds et les parquets cirés offraient un cadre idéal au mobilier d'art contemporain disposé avec goût dans l'enfilade de pièces inondées de lumière naturelle. Cet appartement qui lui avait paru si intimidant autrefois ne l'impressionnait plus. Elle était capable à présent d'apprécier le mélange harmonieux des styles. Peut-être parce qu'elle avait enfin compris que sa place n'était pas ici et qu'elle pouvait maintenant regarder cet endroit de façon objective, dénuée d'émotion.

Malheureusement, ce n'était pas aussi simple dès qu'il s'agissait de Giacomo.

Avec lui, elle avait beau lutter, les émotions prenaient le pas sur l'objectivité et la raison. Sans doute à cause de la patience inattendue dont il avait fait preuve à son égard ces derniers jours. Son attitude l'avait étonnée et charmée, en dépit de sa détermination à ne pas se laisser ensorceler.

Le personnel à demeure de Giacomo vint les saluer – un vieux couple qui vivait à l'étage du dessous et qui avait l'air sincèrement ravi de la revoir. Rosa la serra dans ses bras et Louise en eut soudain les larmes aux yeux.

— Qu'y a-t-il ? questionna Giacomo quand ils furent seuls.

— Rien.

— Tu avais les larmes aux yeux.

Louise haussa les épaules.

— Tu sors de ta zone d'expertise, Giacomo. Un jour, tu m'as dit que tu méprisais cette façon qu'avaient les femmes de laisser couler leurs larmes et que tu préférais les ignorer.

La réponse parut le déstabiliser et durant de longues secondes, il arpenta la pièce comme s'il en mesurait les dimensions à longues enjambées. Puis sans prévenir, il s'immobilisa brusquement et se mit à parler avec la concentration de quelqu'un qui lit son texte sur un prompteur.

— Je te vois assise face à moi, dans une robe bleue. Tu es à table mais tu ne manges pas. Tu te lèves et tu t'éloignes en… pleurant.

Il tourna la tête vers Louise.

— Je t'ai fait pleurer ?

Prise au dépourvu par la question, elle répondit sans réfléchir. Spontanément.

— Bien sûr que oui, Giacomo. Quelle femme ne pleurerait pas quand son mariage est en train de voler en éclats ?

Il absorba ses paroles en silence, puis releva les yeux sur elle.

— Qu'ai-je donc fait de si terrible ?

S'il le lui avait demandé quand ils vivaient encore ensemble, elle lui aurait énuméré une liste de reproches longue comme le bras. Mais maintenant que leur mariage était terminé, il n'était plus question de rancœur, de condamnation ou de représailles. Il était uniquement question de guérison et de tourner la page. Pour tous les deux.

— Quand nous sommes rentrés ici, après notre premier Noël, tu es devenu distant avec moi. Nous avions été heureux en Angleterre. Du moins, c'était ce que je croyais. Et soudain, tout a basculé.

Louise regarda par la baie vitrée le clocher de la cathédrale qui se détachait sur le ciel, au loin, au-dessus des toits de la ville. Elle se souvint des longues heures passées assise là, seule, à attendre son époux.

— Tu ne vivais quasiment plus ici.

Un muscle tressaillit sur la mâchoire de Giacomo.

— Comment cela ?

Il était sur la défensive. Ce qui n'avait rien de surprenant de la part d'un homme qui détestait avoir tort.

— Tu voyageais sans cesse, précisa-t-elle calmement.

Tu étais absent la plupart du temps. Et quand par hasard, je réussissais à te voir, tu n'avais jamais de temps à m'accorder. Nous nous parlions rarement, si ce n'est pour échanger des banalités. Et plus les jours passaient, plus nous nous éloignions l'un de l'autre.

Il hocha la tête.

À contre-jour, dans la lumière déclinante du soleil couchant, la cicatrice sur sa joue était à peine visible. Tout ce que Louise voyait à présent, c'était le scintillement de ses yeux noirs, la courbe de ses lèvres… Et elle éprouva la morsure du désir. Il ressemblait à l'homme qu'elle avait épousé et son corps réagissait comme autrefois. Pas seulement son corps, mais son cœur aussi…

Était-elle condamnée à le désirer ainsi toute sa vie ? À le désirer de toute son âme ? À accepter que tout autre homme dans sa vie ne serait jamais qu'une pâle copie de celui qui avait volé son cœur ?

Sans doute aurait-il été préférable pour eux deux que ce soit *elle* qui ait perdu la mémoire.

— Tu savais tout de même ce qu'était ma vie d'homme d'affaires avant de m'épouser, Louise.

La voix de Giacomo l'arracha au chaos de ses pensées.

— Je le savais bien sûr, mais…

— Mais tu pensais pouvoir me changer, n'est-ce pas ?

Il haussa les sourcils.

— C'est l'erreur humaine classique.

Une façon de lui rappeler qu'elle n'était qu'une femme comme les autres, songea Louise avec amertume. Des femmes qui, avant elle – et peut-être après elle – avaient essayé et échoué à le métamorphoser en l'homme de leurs rêves.

— J'ai surtout cru que *tu* pourrais avoir envie de changer, Giacomo. Chacun doit s'adapter quand on passe d'une vie de célibataire à la vie de couple.

— Et toi, Louise, tu t'es adaptée ?

Elle lut le défi dans ses yeux et tenta de répondre aussi honnêtement que possible.

— Je suis venue à Milan où je ne connaissais personne. J'ai commencé par prendre des cours d'italien et j'ai fait de mon mieux pour m'intégrer dans ta vie.

— Mais quelque chose me dit que tu n'as pas vraiment réussi, observa-t-il, tranchant dans le vif. Pourquoi ? Est-ce uniquement de ma faute ?

Ses questions allaient droit au but, ébranlant ses défenses, l'obligeant à affronter une réalité qu'elle n'avait pas été capable d'affronter à l'époque. Elle avait préféré prendre la fuite plutôt que de reconnaître sa part de responsabilité dans l'échec de leur mariage. Mais à présent, elle n'avait plus le choix. Elle devait faire face.

Elle prit une grande inspiration.

— J'imagine que mon manque d'assurance et mon sentiment d'insécurité y étaient pour quelque chose. J'étais tellement différente de toutes les autres femmes que tu avais fréquentées avant moi. Je n'étais qu'une fille ordinaire.

Elle déglutit et, comme il ne protestait pas, elle esquissa un sourire triste.

— Je note que tu ne contestes pas.

— À quoi bon, puisque c'est la vérité.

Le regard noir de Giacomo heurta le sien.

— Mais note aussi que ce ne sont pas ces femmes que j'ai épousées. C'est toi.

Louise hocha faiblement la tête.

— Et tu sais pourquoi ? reprit-il d'une voix dure. Tu sais ce qui était différent avec toi ?

Elle se figea et sentit le courant glacial ramper le long de sa colonne vertébrale. Se souvenait-il qu'il l'avait épousée parce qu'elle était enceinte ? Se souvenait-il de la perte de leur enfant qui avait mis fin à leur couple ?

— Dis-moi, Giacomo… murmura-t-elle. Dis-moi pourquoi tu m'as épousée.

— À cause de ça ! s'écria-t-il avec une sorte de rage, en traversant la pièce pour l'attirer dans ses bras. À cause de *ça* !

Le choc fut électrique et brutal. Elle aurait dû s'y attendre – l'attirance physique entre deux personnes aussi différentes était incroyable et les conséquences imprévisibles – mais sa brutalité la choqua. Et malgré son besoin de chercher sa bouche et d'apaiser son propre désir, Louise résista.

— Non, dit-elle avec force en le repoussant.

Lentement, d'une démarche aussi digne que possible pour masquer son tremblement, elle alla jusqu'à la fenêtre et contempla les lumières sur la ville avant de se tourner à nouveau vers lui.

— Ce système de compensation ne marche plus avec moi, Giacomo.

Il la dévisagea d'un œil incrédule.

— Ce système de compensation ?

— Le sexe, tout comme offrir des bijoux à une femme, n'est-il pas un moyen comme un autre pour la faire taire et qu'elle te fiche la paix ?

Giacomo éclata de rire.

— Si le sexe suffisait à faire taire une femme, on peut dire que tu es l'exception qui confirme la règle !

Louise aurait préféré qu'il ne réagisse pas ainsi car elle avait du mal à résister à son humour et à son rire. Elle aurait préféré qu'il la fusille d'un regard glacial et redevienne l'époux qu'elle avait fui.

— On ne peut pas continuer ainsi, Giacomo, dit-elle en s'efforçant de garder un ton posé. Les couples sur le point de divorcer ne se comportent pas comme nous le faisons. Nous ne sommes plus des adolescents esclaves de leurs hormones. Pourquoi ne pas faire ce que nous aurions dû faire dès le départ ?

— C'est-à-dire ?

— Garder une distance physique raisonnable entre nous pendant les prochains jours et espérer que tu retrouveras rapidement la mémoire.

Il y eut un long silence.

— Et si je ne la retrouve pas ? objecta Giacomo.

Louise hésita, mal à l'aise sous son regard de braise chargé de mille promesses, mais fermement résolue à camper sur sa position, en dépit des objections de son corps. Parce que c'était le mieux. Pour tous les deux.

— Je promets de répondre à toutes tes questions. Je te dirai tout ce que tu veux savoir. Absolument tout. Mais nous devons nous en tenir à notre accord initial et éviter tout rapport de nature… intime.

Elle lissa les pans de sa robe pour faire quelque chose de ses mains et masquer son trouble.

— Qu'en penses-tu ?

— Franchement ?

La mâchoire de Giacomo se durcit.

— Je pense que c'est l'Enfer.

Giacomo observait Louise, depuis l'autre bout de la pièce. Elle pensait vraiment ce qu'elle avait dit. Elle avait pensé chaque foutu mot de sa petite déclaration de la veille. Et elle l'avait prouvé en allant se coucher seule, sans même un baiser de bonne nuit. C'en était fini des avantages sexuels de leur étrange marché. À partir de maintenant, il avait le droit de regarder, mais plus de toucher.

Alors, il regardait.

Et *madonna mia*, elle valait la peine d'être regardée.

Il expulsa lentement l'air bloqué dans ses poumons.

Louise n'était pas seulement jolie ou attirante, elle était belle tout simplement.

Contrairement à la plupart des femmes conviées à la réception, elle portait une robe noire toute simple. Mais cette simplicité prenait une tout autre dimension, tant son épouse irradiait de chaleur et de sensualité. C'était une beauté naturelle qui captait tous les regards.

Elle se tenait devant une fenêtre donnant sur la célèbre cathédrale de Milan. Derrière elle, d'énormes flocons de neige tourbillonnaient tel un essaim doré au milieu des lumières de la ville.

Son chauffeur les avait déposés à quelques rues d'ici et ils avaient marché parmi la foule en fête, se frayant un passage vers la Piazza del Duomo au son des fifres et des tambourins. Une fois de plus, il avait éprouvé cet étrange pincement au cœur et une légèreté d'esprit inhabituelle chez lui.

Ils avaient été conviés à la réception organisée chaque année après Noël, chez Alessio Cavalcante. L'invitation était très recherchée au sein du cercle des privilégiés de la haute société milanaise dans laquelle évoluait Giacomo. Les deux hommes étaient amis – ils avaient tous deux connu une enfance difficile et partageaient le même goût pour la réussite. Mais ce soir, Giacomo mourait d'envie d'étriper son ami. Parce que ce dernier monopolisait son épouse depuis leur arrivée, provoquant chez lui un accès de jalousie puérile, totalement injustifié.

Après tout, Louise n'était plus vraiment son épouse.

Il ravala un soupir, incapable d'échapper aux interrogations qui le torturaient. Il avait dû se montrer particulièrement odieux pour avoir fait fuir une femme telle que Louise qui n'était manifestement pas du genre à tirer un trait sur ses vœux de mariage, à moins d'y être contrainte. Il avait lu l'inquiétude et parfois même de la tendresse sur son visage quand elle croyait qu'il ne la voyait pas. Et quand elle avait parcouru du bout des doigts ses cicatrices, il avait perçu dans sa caresse l'expression d'un féroce instinct de protection qui l'avait ébranlé. Peut-être était-ce l'une des raisons pour lesquelles il ne lui avait jamais parlé de tout le reste – la grisaille des jours sans fin de son enfance, la saleté, la promiscuité, la morsure de la faim, les longues nuits glaciales et les regards mi-compatissants, mi-méprisants, que posaient les gens sur les gamins comme lui qui n'avaient rien, ni personne. Parce qu'il craignait que cette douceur naturelle de Louise, sa tendresse, ne viennent le submerger et le mettre à nu s'il prenait le risque insensé de s'ouvrir à elle.

Sa vie durant, il s'était délibérément constitué en énigme. La carapace qu'il présentait au monde le définissait : dur, résistant, inflexible, incapable de doute ni de regret. Il la portait depuis si longtemps qu'il ne pouvait imaginer vivre sans.

Il vit Louise rire à quelque chose que lui disait Alessio. Il la regarda prendre une coupe de champagne et trinquer avec leur hôte. De nouveau, l'aiguillon de la jalousie transperça son cœur.

— Giacomo ?

Il se tourna vers la femme qui venait d'apparaître près de lui. Longiligne, son opulente chevelure blond roux cascadant jusqu'à la taille, elle était vêtue d'une robe outrageusement courte ne dissimulant pas grand-chose de son corps de rêve. C'était une célèbre top-modèle dont il avait déjà croisé la route plusieurs fois. Il savait par Paolo qu'elle avait essayé de le joindre quand il était immobilisé sur son lit d'hôpital en Suisse. Mais il avait ignoré ses messages et demandé que le somptueux bouquet de fleurs qu'elle avait envoyé à son chevet soit immédiatement réexpédié au domicile de l'infirmière qui s'occupait de lui.

— Bonsoir, Daniela.

— Tu as l'air en forme, Giacomo. *Très* en forme, susurra la jeune femme avec un regard ouvertement appréciateur. Tu es rétabli, à ce que je vois.

— En effet.

— Tant mieux. Ravie de te revoir.

Elle suivit le regard de Giacomo qui dérivait de nouveau vers son épouse.

— Tiens, tiens, la voilà de retour ! Je suppose que sa présence ici signifie que tu n'es plus sur le marché. Je me trompe ?

— Elle s'appelle Louise, répondit froidement Giacomo. Et cela m'ennuie de te décevoir, mais je n'ai jamais été sur le marché. Je ne suis pas un produit à vendre, conclut-il avec l'esquisse d'un sourire pour atténuer la brutalité du message en voyant la déception et l'humiliation chiffonner le ravissant visage. Et maintenant, si tu veux bien m'excuser.

Oubliant toute fierté, poussé par un instinct qu'il ne pouvait réprimer, il traversa la salle pour rejoindre Louise, toujours en grande discussion avec Alessio.

— Ah, Giacomo ! l'accueillit son ami. C'est un tel plaisir de revoir ton adorable épouse. Mais je note qu'elle refuse mon invitation à ce que vous veniez fêter Pâques sur mes terres de Toscane. En fait, j'ai la nette impression qu'elle n'a pas l'intention de rester jusque-là. N'y a-t-il rien que tu puisses faire pour la persuader de changer d'avis ?

Giacomo serra les poings tandis qu'une colère sourde enflait en lui. Louise était censée jouer son rôle d'épouse et rien d'autre. Comment osait-elle faire allusion à ses projets avec Alessio, alors qu'elle n'avait même pas encore discuté avec *lui* de la date exacte de son départ ?

— Nous ne manquerons pas de te tenir au courant, répliqua-t-il d'un ton glacial en enlaçant la taille de Louise dans un geste ouvertement possessif. Merci pour cette charmante soirée, Alessio. *Cara*, il est temps de partir.

Il lut la surprise dans ses prunelles bleues et l'étincelle de révolte tout de suite après, mais elle eut la sagesse de ne pas discuter, car dans l'état d'esprit où il se trouvait, il aurait très bien pu la jeter par-dessus son épaule et la ramener de force chez eux.

Bravo pour ton fameux self-control ! se moqua sa conscience.

Louise ne pipa mot quand elle récupéra son manteau, ni quand ils traversèrent de nouveau la Piazza del Duomo. Elle attendit d'être en voiture et que Giacomo ait pris la direction de l'appartement pour se tourner vers lui, le regard étincelant de colère.

— C'est quoi ton problème ?

— Mon problème ? Tu crois que cela m'amuse de regarder ma femme flirter avec un autre homme ?

— Non, mais je rêve ! Je discutais avec Alessio. C'est ce que font les gens normaux pendant ce genre de réception. Ils rient. Ils plaisantent. Ils trinquent en se souhaitant un Joyeux Noël…

— *Buon Natale*, rectifia machinalement Giacomo.

— Ils ne restent pas plantés dans leur coin, l'air prêt à mordre, et ne se comportent pas comme la réincarnation de l'homme de Neandertal, s'emporta-t-elle comme s'il n'avait rien dit. Je ne te comprends pas, Giacomo. Tu n'as jamais été jaloux. C'était même tout l'inverse. Les rares fois où nous nous montrions ensemble en société, tu étais de marbre. Toujours si parfaitement maître de toi.

Les paroles de Louise libérèrent brusquement quelque chose en lui. Ce fut comme un déclic dans sa tête. La bouche sèche, il crispa les mains sur le volant et regarda la route, droit devant lui, le sang cognant à ses tempes, tandis que défilaient sous ses yeux les lumières de la ville.

Il n'avait pas retrouvé miraculeusement la mémoire – en dehors des épisodes de réminiscence qu'il connaissait depuis un certain temps déjà. Mais la raison de ce blocage résidait peut-être dans sa détermination à enterrer tout le reste – les souvenirs douloureux, amers – pour ne pas être confronté à une réalité qu'il préférait oublier.

Et ce n'était pas seulement la mémoire qu'il désirait retrouver.

C'était Louise.

Il la voulait dans son lit. Dans sa vie. Pour toujours.

Comment avait-il pu mettre si longtemps à le comprendre ?

Le Noël qu'ils venaient de passer ensemble en Angleterre avait été heureux – comme il l'avait été autrefois, juste après leur mariage. Ensuite, ils étaient rentrés à Milan et tout était allé de travers. Il avait perdu son épouse…

Pourquoi ?

Il tourna la tête vers Louise. Elle regardait fixement ses doigts noués sur ses genoux, comme si elle ne pouvait se résoudre à le regarder dans les yeux. Et il se demanda s'il oserait lui dévoiler son âme. Son âme pleine de noirceur.

Mais cette fois, s'il ne voulait pas la perdre pour toujours, il n'avait pas le choix.

11.

Louise était toujours d'humeur massacrante quand Giacomo referma la porte derrière eux, tout en réfléchissant à ce qu'il allait lui dire. Quand elle retira son manteau, la lumière rebondit sur sa chevelure brune et il fut pris du désir insensé d'y plonger les doigts.

— Je vais me coucher, lança-t-elle en lui tournant le dos.

— Non.

— Non ?

Elle pivota vers lui, l'air furax.

— Quel ton autoritaire, Giacomo ! Je te rappelle que je suis censée être ton épouse en ce moment, pas ta bonne à tout faire. Je n'ai pas à t'obéir. Et puisqu'il n'y a personne ici pour nous voir, on peut cesser de jouer cette comédie absurde. La soirée m'a fatiguée. Bonne nuit.

— S'il te plaît, Louise.

Il la vit hésiter. Il vit la lueur rebelle dans son regard céder la place à l'incertitude.

— Aurais-tu découvert le pouvoir de ces quelques mots que tu as toujours eu tant de mal à prononcer ? demanda-t-elle d'une voix un peu tremblante. À moins que ce ne soit encore une de tes astuces pour me manipuler.

— Ou une demande sincère, objecta doucement Giacomo. Tout ce que je te demande, Louise, c'est de venir t'asseoir un moment avec moi, parce que j'ai des choses à te dire.

Elle se figea, mais réussit à soutenir son regard.

— Tu t'es souvenu de quelque chose ?

— Non. Il s'agit de quelque chose que je n'ai jamais pu oublier, même si j'ai tout fait pour. Même si je l'ai voulu très fort.

Il vit à son expression qu'elle comprenait que les règles du jeu venaient de changer.

— D'accord, dit-elle prudemment.

Elle s'avança dans le salon et s'assit sur l'un des canapés.

Rosa avait allumé un feu dans la cheminée et posé un plateau chargé de boissons sur une table à côté d'un bouquet de roses de Noël. En dépit de la méfiance qui assombrissait l'extraordinaire bleu de ses yeux, Louise avait l'air parfaitement à sa place dans cette pièce qui, pour une fois, donnait presque une impression d'intimité familiale, s'étonna Giacomo.

— Je te sers un verre ?

Elle leva les yeux sur lui, tout en croisant les jambes avec un petit air buté.

— Tu penses que j'en ai besoin ?

Il secoua la tête et se posta devant la cheminée pour tenter de se réchauffer car il se sentait soudain glacé. Il réfléchissait à la meilleure façon de formuler ce qu'il avait à dire, car cette fois, il ne s'agissait pas d'un de ces argumentaires dont il avait l'habitude pour gagner la confiance de potentiels investisseurs. Il n'était pas là, face à cette femme, pour obtenir son jugement ou sa compréhension. Il était là pour lui expliquer ce qui avait fait de lui l'homme qu'il était.

Dans quel but ?

Pour qu'elle l'aime ?

Il repoussa aussitôt cette pensée absurde. À quoi bon se soucier d'un phénomène qu'il n'avait jamais connu et auquel il ne croyait pas.

— Tu as toujours eu envie d'en savoir davantage sur

mon enfance, Louise. Mais tu as dû vite t'apercevoir que je n'aimais pas en parler.

— C'est le moins qu'on puisse dire, marmonna-t-elle.

Elle avait l'air déconcertée, comme si elle s'étonnait qu'il puisse mettre ce sujet sur la table de son plein gré.

— Alors, vas-y ! Demande-moi ce que tu veux savoir, Louise.

Elle le dévisagea, hésitante. Puis, se redressant sur le canapé, elle décroisa les jambes et pressa ses genoux l'un contre l'autre.

— Je sais que tu as vécu dans un orphelinat. Tu avais onze ans quand les services sociaux t'y ont placé, n'est-ce pas ?

— Exact.

— Mais ta vie n'a pas démarré à onze ans. Il s'est forcément passé pas mal de choses avant.

Il y eut un silence. Giacomo inspira brusquement.

— Tu fais référence à ma mère, j'imagine ?

— Oui. Cette mère dont tu ne parles jamais, confirma-t-elle à voix basse. Tu as pourtant eu la chance de la connaître puisque tu as vécu avec elle durant les onze premières années de ta vie.

Giacomo lâcha un petit rire qui n'en était pas vraiment un.

— À ton avis, pourquoi je n'en parle jamais ?

— J'imagine que ça te fait trop de peine.

Giacomo resta silencieux un instant en la fixant de ses yeux noirs.

— Tu as perdu tes parents très jeune, Louise. Mais de nous deux, c'est peut-être toi la plus chanceuse, dit-il lentement.

Louise ne releva pas.

Si elle l'avait fait, il se serait refermé comme une huître – au fond de lui, c'était ce qu'il mourait d'envie de faire. Mais il était conscient que le temps leur était compté. Le moment était venu de parler, de ressusciter le passé s'il voulait avoir une chance de s'en libérer. C'était maintenant ou jamais. Il devait le faire remonter des abysses obscurs de son esprit où il l'avait enfoui.

— Elle était mère célibataire. Mais cela ne l'empêchait pas d'avoir une vie… Comment dire ?… dissolue. Nous habitions une cité ouvrière dans la banlieue de Turin. Quand elle sortait, elle me laissait chez le premier voisin venu. Ou pas. La plupart du temps, j'étais livré à moi-même. Elle disparaissait souvent plusieurs jours d'affilée. Très jeune, j'ai appris à me débrouiller seul. Je cherchais surtout de quoi manger. Chapardage, vol à l'étalage et quand c'était trop compliqué, dans les poubelles. C'était une question de survie. J'étais un vrai petit sauvage.

— Quelle enfance épouvantable… murmura Louise.

Giacomo haussa les épaules.

— Je n'ai pas eu de chance au tirage au sort de mes parents, mais on ne peut qu'accepter ce qui nous est donné. On n'a pas le choix et je ne connaissais rien d'autre. J'étais le gamin dont sa mère ne voulait pas. Ça, je pouvais le supporter. Mais le pire, c'était quand elle ramenait ses petits copains ou ses clients à la maison.

Sa mâchoire se durcit.

— Là, c'était l'enfer. Elle me disait toujours que les choses allaient s'arranger, mais rien ne s'arrangeait jamais. Exactement comme quand elle me disait qu'elle serait à la maison et qu'elle disparaissait des semaines entières. J'ai appris à ne pas croire un mot de ce qu'elle racontait.

— Et ton père ? hasarda Louise. Tu ne le voyais pas ?

— Non.

Il marqua une pause. Son instinct le poussait à ne pas en dire davantage, à se taire, comme il l'avait toujours fait jusqu'à présent. Mais quelque chose dans le regard bleu, tout à la fois doux et pénétrant, rivé sur lui l'empêchait de détourner la tête pour esquiver.

— Je l'ai rencontré une seule fois. Bien plus tard. Il n'était pas de la région.

Un soupir lui échappa.

— Il était de passage à Turin. Ils ont couché ensemble une nuit.

— Comme nous ? fit Louise avec, soudain, un goût de sciure dans la bouche.

— Non. Pas comme nous. *Moi*, je t'ai revue souvent après notre première nuit, n'est-ce pas ? questionna-t-il comme si la mémoire lui revenait peu à peu.

— C'est vrai, oui. Continue. Enfin… si tu veux bien.

Giacomo réfléchit à la meilleure façon de mettre des mots sur la cruelle réalité, avant d'admettre avec amertume qu'il n'y avait aucun moyen de la rendre acceptable.

Il n'avait jamais parlé de la rencontre avec son père. À personne. Pas seulement à cause de l'humiliation, mais parce que nul ne pouvait comprendre. On ne pouvait pas comprendre ce qu'était la faim quand on n'avait jamais été soi-même affamé. Tout comme personne ne pouvait imaginer ce que c'était de voir ces voyous, ces tarés que sa mère fréquentait, vous regarder comme si vous étiez une saleté collée à leur semelle de chaussure. Personne ne pouvait imaginer ce que c'était quand votre propre père vous dévisageait avec, dans le regard, rien d'autre que du dégoût et un mépris absolu. Cette scène, il l'avait gardée pour lui, parce que l'humiliation ressentie ce jour-là était toujours aussi vive et que le regard des autres, leur jugement ou leur compassion lui étaient insupportables.

Mais avec Louise, c'était différent. Brusquement, la décision de se livrer s'imposait. Elle ne jugerait pas. Et elle saurait garder le sombre secret qu'il allait lui confier. Ce secret qui pesait si lourd sur sa vie, l'empêchant de respirer.

— J'aurais sans doute pu continuer ainsi, reprit-il. À vivre au jour le jour, ou plutôt à survivre, jusqu'à ce que je sois assez âgé pour mener ma propre vie, si ma mère n'était pas tombée gravement malade.

Louise le dévisagea comme si elle pressentait ce qu'il s'apprêtait à lui confier. Mais il coupa court à toute manifestation de pitié de sa part d'un geste tranchant de la main. Et sa voix se fit neutre, froidement descriptive.

— Elle l'avait bien cherché. C'était un cas typique de chirurgie plastique bâclée, réalisée par un charlatan dans une clinique miteuse du centre-ville. Suite à l'intervention, elle a développé une septicémie et dans les dernières heures de sa vie, elle m'a parlé de mon père pour la première fois. Soi-disant que c'était l'un des hommes les plus riches d'Italie et qu'il vivait à Naples.

Giacomo passa la langue sur ses lèvres soudain sèches, au souvenir des paroles que sa mère avait prononcées entre deux râles.

— Elle prétendait avoir essayé de le contacter autrefois sans succès. Mais c'était différent maintenant. J'étais un grand garçon. Tous les hommes rêvent d'avoir un fils, disait-elle. Il s'occuperait de moi si j'allais le voir.

— Et… c'est ce que tu as fait ? Tu es allé le voir ?

Giacomo déglutit. Ce qui était dingue, c'est que même après toutes ces années, malgré l'aura de froideur, d'orgueil et de maîtrise dont il s'était enveloppé pour survivre au cauchemar de son enfance, le simple fait d'y repenser était toujours aussi douloureux.

Il regardait Louise, mais il ne la voyait pas vraiment. Il était de retour dans le passé, ce matin de printemps, vingt ans plus tôt, alors que le soleil brûlait haut dans le ciel.

— J'ai quitté Turin le lendemain de l'enterrement de ma mère. J'ai sauté dans le premier train pour Naples, terrifié à l'idée de me faire repérer par les flics et d'être remis entre les mains des services sociaux pour être envoyé à l'orphelinat.

Les images se succédaient dans sa tête, nettes et rapides.

Il revoyait le gamin crasseux et débraillé dans ses vêtements déchirés, trop petits pour sa taille. Il avait dû ruser et faire appel à tout son courage pour réussir à accéder à l'immense villa érigée à l'extérieur de la ville, tout au bout de la péninsule de Sorrente. Avec son vignoble et sa vue panoramique sur la baie, ses sols de marbre et ses immenses baies vitrées sur lesquelles rebondissait la lumière, l'endroit était d'une telle splendeur que Giacomo avait eu l'impression d'entrer au paradis.

Avait-il réellement cru que son richissime propriétaire l'accueillerait à bras ouverts et le prendrait sous son aile ?

Peut-être. Il y avait eu cette lueur d'espoir dans son cœur… Mais ensuite, il avait raconté son histoire et le visage de l'homme face à lui était resté d'une impassibilité glaciale. Quand il lui avait demandé le nom de sa mère, Giacomo avait sorti une photo fanée. « Elle s'appelait Loredana, monsieur. C'est elle… là » avait-il bredouillé.

L'homme avait regardé fixement la photo de longues secondes, sans chercher à dissimuler son dédain. Puis il avait secoué la tête.

— Pour faire court, mon soi-disant père a déclaré qu'il n'avait jamais vu ma mère, mais il a demandé à un domestique d'aller chercher Roberto, son garde du corps. Et quand ce dernier s'est avancé dans la pièce, j'ai tout de suite compris. Mon père, c'était le garde du corps. J'étais sa copie conforme. Apparemment, il se faisait souvent passer pour son richissime patron. C'était une garantie de succès quand il voulait amener une fille dans son lit.

Dans le silence qui suivit, Louise absorba l'information avant de demander :

— De quelle façon a-t-il réagi quand il a su que tu étais son fils ?

Giacomo ferma brièvement les yeux. Il avait l'impression

d'avoir un bloc de béton coulé dans la bouche tant il avait du mal à prononcer les mots.

— Il a simplement dit que s'il avait voulu être père, il n'aurait certainement pas choisi d'être celui d'un gamin pouilleux des bas-fonds, sorti du ventre d'une pute.

Il vit le visage de Louise se crisper. Il faillit lui lancer qu'il ne voulait pas de sa pitié, mais elle s'était déjà levée d'un bond et nouait les bras autour de son cou.

Il sentit son poids contre lui, sa douceur, sa chaleur…

— Giacomo, souffla-t-elle en couvrant son visage de baisers.

Et il la laissa faire.

Enfin, pas vraiment. Il plaqua son corps contre le sien, s'empara de ses lèvres et l'embrassa avec fièvre, comme si sa vie en dépendait. Et c'était peut-être le cas.

Il aurait voulu pouvoir s'arrêter, reprendre son souffle, parce que la situation était en train de lui échapper. S'il ralentissait, il pourrait se ressaisir. Reprendre le contrôle.

Mais Louise l'embrassait à son tour sans retenue, profondément. Il s'était enfin confié à elle. Elle comprenait à présent qui était l'homme qu'elle avait épousé et son instinct lui soufflait qu'il avait besoin d'elle aujourd'hui, comme jamais il n'avait eu besoin d'elle avant. S'il avait besoin de brûler sa rancœur et sa peine au feu de la passion, elle était là pour lui. Cette fois, elle ne ressentait plus ni hésitation, ni crainte, ni même le moindre doute.

— Allons au lit, murmura-t-elle contre ses lèvres.

Sans un mot, il prit sa main et ils traversèrent l'appartement obscur vers la chambre qu'elle avait un jour partagée avec lui. Vers le lit où elle avait connu tant de plaisir, mais aussi tant de chagrin. Oubliant les blessures du passé, refusant de penser à demain, les doigts tremblants, elle défit les boutons de sa chemise, tandis qu'il faisait glisser la fermeture Éclair de sa robe jusqu'au creux de ses reins.

Cette fois, ils ne prirent pas le temps de se dévorer des yeux, de contempler chaque millimètre de peau dévoilée. Cette fois, ils étaient poussés par la même urgence, le même besoin éperdu d'assouvir leur faim. Ils se dépouillèrent de leurs vêtements et roulèrent sur le lit, enlacés, bras et jambes emmêlés, peau contre peau. Leurs corps tendus par un désir brûlant et tumultueux.

Affolée de plaisir, Louise ferma les yeux.

C'était si bon.

Ils s'embrassèrent passionnément, leurs mains traçant la carte de leurs corps, attisant des milliers d'étincelles sur leur peau.

Louise sentait le corps de Giacomo pressé contre le sien, la dureté de sa virilité contre la douceur de sa féminité. Elle avait envie de lui en elle, envie de sentir son poids sur elle, de se noyer dans sa chaleur. Tout allait si vite…

— Protection ? souffla-t-elle dans un ultime sursaut de lucidité.

Roulant sur lui-même avec un soupir frustré, il tendit le bras vers la table de chevet pour y attraper un préservatif. Et tandis qu'il le déroulait rapidement sur son sexe, Louise résolut de ne pas songer aux conséquences de ce qu'elle s'apprêtait à faire – tout ce qu'elle voulait, c'était le sentir en elle.

Elle attira sa bouche sur la sienne et étouffa un cri quand il plongea en elle, puissamment.

Il s'immobilisa un instant, mâchoires serrées, attentif à sa réaction.

— Ça va ?

Elle rouvrit les yeux et cambra les reins pour mieux s'offrir.

— Giacomo…

— Oui… je sais.

Il se mit à aller et venir en elle, d'abord lentement pour que leurs corps trouvent le rythme de la danse. Ses mains, ses lèvres étaient partout à la fois, l'emportant dans un tourbillon de plaisir charnel. Chaque baiser plus profond. Chaque coup de reins l'emmenant toujours plus haut. Il l'emplissait complètement. Il formait avec elle un seul et même corps. Il n'y avait plus une parcelle de vide en elle.

Sentant venir l'orgasme, elle aurait voulu pouvoir le retarder, retenir l'intensité du moment. Mais c'était impossible. Giacomo était un amant bien trop doué. Dans les secondes suivantes, elle tremblait entre ses bras sous la violence du plaisir qu'il lui donnait et elle perçut la délicieuse tension de son corps quand, dans un dernier assaut, il plongea au plus profond d'elle, la possédant tout entière jusqu'à l'âme

— Lulu, gémit-il dans sa bouche juste avant de s'abandonner à son tour pour glisser avec elle dans un abîme de jouissance.

Louise avait l'impression de flotter dans un océan de béatitude.

Il l'avait appelée Lulu.

Elle était de nouveau *sa* Lulu.

Un long moment, elle resta silencieuse, pleine d'un espoir qu'elle ne pouvait réprimer. Blottie contre lui, elle attendait que leurs souffles s'apaisent. Giacomo s'était confié à elle pour la première fois et ils avaient fait l'amour. Vraiment. Peut-être existait-il encore une chance de reconstruire leur couple.

Elle tourna la tête pour lui faire face, mais il avait les yeux rivés au plafond et ne fit pas un mouvement pour croiser son regard. Son profil semblait plus dur et son corps était soudain terriblement tendu, réalisa Louise. Son cœur se serra.

Comment avait-elle pu croire un instant qu'ils pourraient prendre un nouveau départ ? Avait-elle oublié ce qu'il lui avait dit ? La seule chose qui ne pourrait jamais être oubliée.

— Giacomo…

Il tourna lentement la tête vers elle. Mais son regard noir, dur comme la pierre, semblait fixer un point imaginaire situé loin, quelque part dans ses souvenirs.

— Il y a eu un bébé, n'est-ce pas ?

12.

Le temps s'arrêta et le silence s'étira, interminable, tendu à l'extrême. Un silence qui formait entre eux un fossé si large que ni l'un ni l'autre ne semblait vouloir le franchir. L'air devint pesant.

— Oui, finit par murmurer Louise. Il y a eu un bébé. Un bébé que j'ai perdu à quatorze semaines de grossesse.

Giacomo ne dit rien. Il s'écarta d'elle et sortit du lit pour disparaître dans la salle de bains avant de revenir, enveloppé dans un peignoir.

Louise leva les yeux sur lui, la gorge nouée par l'appréhension. D'habitude, il ne mettait jamais de peignoir quand ils étaient tous les deux, à moins qu'il n'y ait du personnel dans les parages.

— Pourquoi ne m'en as-tu pas parlé ? questionna-t-il.

Elle essaya de se ressaisir et de ne pas flancher face à ce qui sonnait comme une condamnation dans sa voix.

— Tu m'as dit que tu ne voulais pas d'un déballage d'informations. Qu'il fallait que ta mémoire revienne progressivement, spontanément. Et tu m'as clairement fait comprendre que je devais me contenter de répondre à tes questions.

Il alluma une lampe et la lumière les inonda.

Louise battit des paupières, éblouie, avec la désagréable impression de se retrouver tout à coup dans une salle d'interrogatoire.

— C'est la seule raison, vraiment ?

Elle ouvrait la bouche pour confirmer, quand elle réalisa brusquement qu'elle avait le choix. Elle pourrait lui rétorquer que puisqu'il gardait *ses* secrets, elle ne voyait pas pourquoi elle n'aurait pas eu le droit d'en faire autant. Mais ce serait un jeu de dupes inutile. Leur mariage était de toute évidence arrivé à son terme. Alors, à quoi bon garder tout cela pour elle maintenant ? Ne ferait-elle pas mieux de déballer tout ce dont il ne se souvenait pas et qu'il n'avait sans doute pas envie d'entendre ? Même si c'était atrocement douloureux à revivre.

— Non, ce n'est pas la seule raison. En réalité… j'avais peur.

La boule dans sa gorge était si grosse qu'elle ne put poursuivre.

Giacomo aiguisa son regard et le planta dans le sien.

— Peur de quoi ?

— Peur d'en parler, confessa-t-elle, s'exhortant à ne pas craquer, à ne pas pleurer. Je ne voulais pas revivre cette épreuve. Je n'avais pas envie d'avoir cette conversation. Et je pensais que c'était justifié. À l'époque, quand c'est arrivé, tu n'as pas voulu en parler – alors pourquoi aurais-tu voulu le faire maintenant ? Notre mariage battait déjà de l'aile. Quand j'ai perdu le bébé, tu étais aux États-Unis, à Chicago je crois.

Ses yeux la brûlaient et elle pressa fort les paupières. Elle ne voulait pas pleurer.

— Quand tu es rentré en Italie, tout était terminé. J'avais perdu notre bébé et j'ai compris…

Les mots s'évanouirent sur ses lèvres.

— Qu'est-ce que tu as compris ? insista Giacomo.

Louise s'assit et tira le drap pour couvrir sa nudité. Mais sous l'éclat intense de son regard noir, elle se sentait toujours aussi nue, aussi vulnérable. Un sentiment de tristesse indicible la submergea, noyant ses yeux de larmes brûlantes.

— J'ai compris que notre mariage était lui aussi terminé, répondit-elle d'une voix étranglée. Ce qui n'aurait pas dû me surprendre, puisque tu m'avais épousée pour une seule raison… Parce que je portais ton enfant.

— Je sais.

— Tu t'en souviens ?

— Je me souviens de tout.

Louise baissa les yeux, le regard rivé sur le drap, puis les releva de nouveau sur lui.

— Rien ne t'y obligeait, mais tu as à tout prix tenu à me passer la bague au doigt. Maintenant que tu m'as parlé de ton enfance, je comprends mieux pourquoi. Tu m'as épousée parce que tu ne voulais pas ressembler à ton père. Tu ne voulais pas tourner le dos à tes responsabilités et abandonner ton enfant comme il l'avait fait. Ce qui était, ma foi… très honorable de ta part.

— Honorable ? répéta Giacomo d'une voix choquée comme s'il s'agissait d'un gros mot.

Louise était consciente d'en avoir assez dit. Elle n'avait aucune raison d'en dire plus, mais une petite voix intérieure l'y incitait. Parce que d'une certaine façon, elle en avait besoin. C'était comme une sorte d'exorcisme pour l'aider à faire table rase du passé et lui permettre d'avancer vers l'avenir, le cœur et l'esprit libre.

— Il n'y a rien de mal à agir de manière honorable, Giacomo. C'est une grande qualité. Tu as toujours été honnête avec moi. Tu n'as jamais dit des choses que tu ne pensais pas. Tu n'as jamais prétendu être amoureux de moi. Notre mariage n'était pas un mariage d'amour, mais une solution honorable, en effet.

Elle hésita. Elle devait aller au bout de l'aveu, même si c'était le plus dur.

— Tu te souviens de ce que tu m'as dit quand tu es rentré à Milan ?

— Je me rappelle tout.

La tension sur son visage était telle que Louise se demanda si elle n'allait pas trop loin. Mais pour être pardonné et exorciser ses démons, ne fallait-il pas d'abord se confesser ? Giacomo en avait certainement autant besoin qu'elle.

— Dis-moi ce dont tu te souviens, fit-elle dans un souffle en se demandant si cela ferait aussi mal, cette fois-ci.

Il ferma brièvement les yeux, puis soutint son regard.

— Tu portais une robe bleue. C'était la première fois que je te revoyais depuis que tu avais perdu notre enfant. Je me souviens que c'était pénible et terriblement compliqué. Je ne trouvais pas les mots justes. Mais peut-être n'y en avait-il pas… J'ai dit…

Il marqua une pause et inspira une grande goulée d'air.

— J'ai dit que c'était probablement mieux ainsi. La fausse couche, ajouta-t-il comme si elle avait besoin de cette cruelle clarification. Et c'est là que tu t'es mise à pleurer.

— Peux-tu me le reprocher ? murmura Louise. Quand tu as prononcé ces quelques mots, Giacomo, il n'y avait plus de retour en arrière possible. C'était un point de non-retour. Tu le comprends certainement.

— Je le comprends maintenant, Louise.

Sa voix parut se briser, mais il se ressaisit.

— Tout ce que je peux dire, c'est à quel point… à quel point je suis désolé.

— Tu as simplement été honnête.

Elle lui en avait tellement voulu, et maintenant qu'il s'excusait, voilà qu'elle le défendait. Mais rétrospectivement, elle comprenait mieux elle aussi sa réaction.

— Tu n'avais pas prévu d'avoir un enfant, Giacomo. Tu n'avais pas non plus prévu de te marier. Alors, après la perte du bébé, je n'avais aucune raison de rester. Je n'avais aucune raison de t'enfermer dans un mariage dont tu n'avais pas vraiment voulu. Et comme je n'avais pas le courage d'en discuter avec toi, j'ai préféré partir.

Giacomo hocha la tête, visage impassible, comme s'il réfléchissait à ce qu'il venait d'entendre. Il était aussi immobile qu'une statue faite d'ombres et de muscles, se dressant sur le fond étincelant des lumières de la ville derrière lui, l'air plus impressionnant, plus beau et plus inaccessible que jamais.

— Je ne peux rien te reprocher, Lu.

Il se détourna vers la fenêtre, avant d'ajouter :

— Quelle femme choisirait de rester avec un mari incapable d'être à ses côtés dans un tel moment, incapable de lui offrir le moindre soutien, incapable de la réconforter, incapable de quoi que ce soit, si ce n'est d'aggraver son chagrin par des paroles inconsidérées ?

Louise secoua la tête. Elle ne supportait pas de le voir s'autoflageller ainsi. N'avaient-ils pas tous deux assez souffert ?

— Giacomo…

Lentement, il se retourna pour lui faire face et le désespoir qu'elle lut dans son regard lui serra le cœur.

— Et maintenant… que va-t-il se passer ? questionna-t-elle en prenant soin de contrôler le tremblement dans sa voix.

— Ne t'inquiète pas, Lu, fit-il avec l'ombre d'un sourire. Ton contrat en tant qu'épouse est officiellement terminé.

Elle cilla. Un nœud se resserra en elle. Quelque part entre la poitrine et la gorge, semblable à ce qu'elle ressentait quand elle pensait à leur enfant perdu.

— Alors… ?

Une détermination sans appel avait remplacé l'ombre de sourire sur le beau visage de Giacomo.

— Le mieux serait que tu partes dès que possible. Disons… demain.

Louise écarquilla les yeux, le souffle coupé.

— Tu… tu veux que je parte demain ?

— Oui. Tu n'as aucune raison de rester ici et je ne veux pas te retenir plus longtemps que nécessaire. J'ai retrouvé la mémoire, tous les souvenirs qui me manquaient. Grâce à toi et je t'en remercie.

— Tu me *remercies* ?

Giacomo hocha la tête.

— Tu ne peux pas savoir à quel point je suis soulagé d'avoir enfin complété cette page blanche dans mon esprit.

Une étrange lueur traversa son regard noir. Une lueur qui disparut aussi vite qu'elle était apparue.

— Je vais demander que le jet soit mis à ta disposition et faire en sorte que notre divorce soit prononcé le plus vite possible, je te le promets. En attendant, je vais te ficher la paix et te laisser dormir un peu.

Il esquissa un sourire qui ne fit que souligner la lassitude qui soudain marquait ses traits. Et la nuance de résignation dans sa voix fendit encore un peu plus le cœur de Louise.

Elle aurait préféré qu'il s'emporte, qu'il lui crie après, qu'il lui reproche de ne pas lui avoir parlé du bébé plus tôt. Ça, elle aurait pu le supporter. Et peut-être même que s'il avait craqué et pleuré la perte de ce petit être, ils auraient pu se consoler l'un l'autre.

Mais les blessures de Giacomo étaient si profondes qu'il avait érigé autour de lui un blindage à l'épreuve des sentiments. À l'épreuve de tout. Un blindage dont il ne se libérerait jamais.

Elle le regarda traverser la chambre, s'avancer vers la porte. Elle se mordit les lèvres. Il était encore temps de l'appeler pour lui demander de réfléchir, de revenir sur sa décision. Elle aurait tant voulu avoir une dernière chance. Mais elle s'était juré de garder sa dignité. Elle ne le supplierait pas. Elle ne voulait pas que ce soit la dernière image qu'il ait d'elle.

Elle espéra un instant qu'il allait s'arrêter. Mais non. Il sortit sans un regard en arrière. Et quand la porte se referma sur lui, Une première larme roula sur sa joue. Une deuxième suivie d'une troisième…

Lentement, elle s'affaissa sur le lit et enfouit la tête dans l'oreiller en sanglotant.

Longtemps, elle resta là, étendue, à pleurer jusqu'à ce qu'elle n'ait plus de larmes. Elle essayait d'imaginer ce qu'allait être sa vie, mais comme avant, quand elle imaginait l'avenir sans Giacomo, elle avait l'impression qu'un mur infranchissable s'élevait de nouveau devant elle.

S'agissant des conditions de leur divorce, Giacomo serait généreux, elle le savait. Il lui verserait probablement une grosse somme d'argent – assez pour qu'elle puisse ouvrir sa propre entreprise de restauration. C'était son rêve avant qu'elle ne le rencontre. Un rêve qui semblait impossible jusqu'alors et qui pourrait enfin devenir une réalité.

Elle était tout à fait capable de créer sa propre affaire – elle n'avait aucun doute là-dessus. Elle réussirait si elle décidait de se lancer. Avec beaucoup de travail et d'inventivité, elle pourrait même devenir un exemple de réussite – de ceux susceptibles d'inspirer des jeunes comme elle, obligés de quitter l'école à seize ans.

Pourtant, cette perspective n'éveillait en elle ni enthousiasme, ni espoir, ni même intérêt. Elle n'éprouvait qu'une affreuse sensation de vide.

Elle se tourna sur le dos, les yeux rivés au plafond.

Sans vraiment savoir pourquoi, elle avait l'impression d'être passée à côté de quelque chose d'important.

Elle repensa à la façon dont Giacomo avait réagi. Il était resté calme.

Trop calme.

Mais elle avait aperçu l'éclair de souffrance dans ses yeux, en totale contradiction avec l'expression de froide indifférence sur son visage.

Cette nuit, Giacomo avait mis son âme à nu. Ce qu'il lui avait confié sur son enfance, sur sa mère et sur son père, il ne l'aurait jamais reconnu avant. Et elle comprenait seulement maintenant pourquoi il la repoussait. C'était son mécanisme de défense, son fonctionnement par défaut. Il n'avait jamais dit qu'il l'aimait parce que personne ne le lui avait jamais dit. Personne ne le lui avait montré.

Pas même *elle*… Parce qu'elle avait si peur de ne pas plaire, si peur d'être blessée, qu'elle n'avait pensé qu'à se protéger et qu'elle n'avait pas trouvé le courage de lui dire qu'elle l'aimait. Et ça, c'était une faute impardonnable.

Était-il trop tard ?

La question lui noua l'estomac.

Elle avait le choix – soit baisser les bras, tourner le dos à Giacomo et le perdre à jamais… soit lui dire combien il était important pour elle, combien son amour pour lui était plus fort que tout.

Elle resta là, incertaine, le regard rivé au plafond.

C'était peut-être trop tard, mais elle devait le lui dire. Il fallait qu'il sache.

Sa décision prise, elle bondit hors du lit, enfila un peignoir et partit à la recherche de Giacomo.

Il n'était dans aucune des chambres d'amis. Son cœur se mit à cogner contre ses côtes comme un oiseau affolé dans sa cage, tandis qu'elle traversait les couloirs sombres du vaste appartement.

Était-il sorti prendre une chambre d'hôtel ou avait-il décidé d'aller passer la nuit chez un ami pour éviter de la revoir ?

Elle avait le sentiment que quelque chose d'infiniment précieux glissait comme du sable fin entre ses doigts et qu'elle ignorait comment le retenir. Elle s'adossa un instant au mur pour ne pas flancher, puis elle poussa la porte du bureau de Giacomo.

Il était là, de dos, assis à sa table de travail, face à un écran couvert de chiffres. Mais il avait les épaules voûtées et elle se demanda s'il regardait quoi que ce soit.

— Giacomo ?

Il fit pivoter son siège et Louise fut frappée par la tristesse dans ses yeux noirs.

— Tu n'arrives pas à dormir ?

— J'ai quelque chose à te dire.

Le visage de Giacomo s'assombrit.

— Je crois que nous nous sommes tout dit, non ?

Le ton était cassant, mais Louise ne se laissa pas décourager.

— J'ai beaucoup réfléchi à ce que nous avons vécu ensemble. Et je crois pouvoir dire que nous avons eu de nombreux moments de bonheur. Mais ce qui s'est passé ensuite les a occultés. Souviens-toi des mois qui ont suivi notre rencontre, du jour de notre mariage et de ce premier Noël à Barton… Nous étions heureux, Giacomo. Puis nous sommes rentrés à Milan et c'est là que les choses ont changé entre nous. Tu es devenu distant.

— Tu me l'as déjà dit, commenta Giacomo d'une voix lasse. Ne t'en fais pas pour ça, je reconnais volontiers que tout est ma faute.

— Je ne cherche pas à savoir qui est responsable de quoi. J'essaie juste de comprendre ce qui s'est passé. Je crois que tu m'aimais… Mais tu n'avais pas de modèle, tu ne savais pas ce qu'était l'amour inconditionnel d'une mère ou d'un père, l'amour réciproque entre deux êtres. Tu as tellement souffert du manque d'amour dans ton enfance que tu ne pouvais envisager d'éprouver à nouveau ce genre de souffrance. Il était plus simple de me repousser que de prendre le risque de te faire rejeter. Et moi, j'ai accepté. Je suis partie au lieu de me battre. Au lieu de te forcer à me parler. Au lieu de te dire que je t'aimais.

La voix de Louise vacilla parce que c'était la partie la plus difficile, la plus importante. L'un de ces moments où tout peut basculer d'un côté comme de l'autre. Au diable, la dignité ! Après tout ce qu'il avait souffert, Giacomo méritait qu'elle lui prouve son amour pour lui.

— Alors je te le dis aujourd'hui, haut et fort. Je t'aime, Giacomo. Je t'aime toujours. Je t'aime passionnément.

Il détourna les yeux.

— Comment peux-tu aimer un homme qui a été si cruel avec toi ?

— Si c'était de la cruauté, elle était involontaire, fit-elle doucement.

Giacomo resta silencieux. Sa gorge était si serrée qu'il pouvait à peine respirer. Les émotions qui bouillonnaient en lui menaçaient de le submerger et, plus par habitude que par réelle volonté, il s'efforçait de les contenir. Mais cette fois, le torrent était trop fort pour être endigué.

Il tourna de nouveau les yeux vers Louise. Il lut sur son visage tout l'amour et la bienveillance dont un homme peut rêver.

Y avait-il droit ? Le méritait-il après tout le mal qu'il lui avait fait ?

Il se leva.

Il vit la façon dont elle cherchait son regard. La façon dont elle mordait sa lèvre inférieure comme si elle espérait – ou plutôt n'osait espérer. Était-ce parce qu'elle voyait le voile de larmes qui brouillait la vue d'un gars comme lui qui n'avait jamais pleuré ?

Soudain, il lui sembla que c'était la chose la plus difficile au monde à dire, et en même temps la plus simple. Il ne l'avait jamais dit avant parce qu'il ne disait jamais ce qu'il ne pensait pas. À présent, il le pensait vraiment.

— Je t'aime, Lu. Mais comment puis-je accepter ton amour après tout ce que je t'ai fait subir ?

— Tu l'acceptes parce que je te le donne, répondit-elle simplement. L'amour est inconditionnel. Mais si tu insistes pour que je retourne en Angleterre demain matin, je partirai. Ce n'est pas ce que je souhaite, mais je partirai. Je n'ai pas envie de passer le restant de ma vie sans toi, mais s'il doit en être ainsi, je m'en accommoderai et je m'en sortirai. À toi de décider, Giacomo. La balle est dans ton camp.

Il secoua la tête, incapable de dissimuler son admiration. Il ne connaissait pas de femme plus courageuse. Ni plus obstinée. Dieu comme je l'aime ! songea-t-il.

Un sourire éclaira son visage.

— Lu, tu me rends la tâche impossible !

— Tant mieux. Alors, que décides-tu ?

Mais leur petit jeu s'arrêta là.

Giacomo franchit les quelques pas qui les séparaient pour la serrer fort contre lui – très fort. Pour lui faire savoir qu'il ne la laisserait plus jamais partir.

Il l'emporta dans la chambre, s'étendit près d'elle sur le lit et pressa ses lèvres contre sa tempe avant de poser la question qui le préoccupait.

— Lu, dis-moi… Tu ne voulais pas avoir de véritable relation sexuelle avec moi. Soi-disant parce que c'était trop intime et que cela brouillerait les choses entre nous. Mais ce n'est pas la seule raison, n'est-ce pas ?

Il marqua une pause.

— Tu as peur de retomber enceinte, c'est ça ?

Elle leva les yeux vers son visage, surprise que tout puisse changer en si peu de temps. La veille encore, elle aurait refusé de répondre à cette question directe, si indiscrète, pour protéger ses sentiments, ou peut-être parce qu'elle ne les assumait pas. Mais à présent, ce n'était plus nécessaire et il était important qu'ils soient capables de se parler de tout, même d'un sujet qui la mettait atrocement mal à l'aise.

— Oui, avoua-t-elle. J'ai peur de faire une nouvelle fausse couche et je ne suis pas certaine d'avoir la force de surmonter le choc une seconde fois. Je ne sais pas si tu souhaites avoir des enfants, Giacomo, mais pour le moment, je ne me sens pas capable de prendre le risque. Alors, si pour toi, c'est une condition de rupture, je comprendrai.

— Le risque zéro n'existe pas, Lu, murmura-t-il contre ses cheveux. Je veillerais à ce que tu aies le meilleur suivi médical et, promis, je ne te quitterais pas une seconde. Mais si la grossesse t'angoisse, nous ne sommes pas obligés d'avoir un enfant. Quoi que tu décides, ça me va. Parce que je t'aime. Tu me crois, Lu ? Je t'aime et je veux rester ton époux. Comme le tien, mon amour pour toi est inconditionnel.

Giacomo fronça les sourcils.

— J'ai encore dit quelque chose qu'il ne fallait pas ? Je ne comprends pas… Pourquoi tu pleures ?

Mais Louise souriait à travers ses larmes.

— Cette fois, ce sont des larmes de joie, mon chéri, chuchota-t-elle en caressant du bout des doigts la cicatrice sur le visage de son époux. Parce que je suis dans les bras de l'homme que j'aime.

— Oh ! Lu…

Sa voix vacilla quand il inclina la tête pour s'emparer de ses lèvres.

Épilogue

Noël.

Louise regardait par la fenêtre, le cœur débordant d'amour et de gratitude en contemplant la scène qui s'offrait à elle.

Dans la cour du château, main dans la main, son époux et leur petit garçon, Leonardo, faisaient le tour du bonhomme de neige géant qu'ils avaient fabriqué.

La cuisine sentait bon la cannelle et le sucre roux. Au salon, devant le feu qui crépitait joyeusement dans la cheminée, se dressait le sapin immense, étincelant sous les boules de verre coloré, les guirlandes lumineuses et les décorations en papier confectionnées par des mains enfantines. Au pied du sapin, il y avait la crèche aux santons délicatement sculptés et peints à la main – des santons que Louise ressortait à présent chaque année.

Elle jeta un coup d'œil à sa montre. Il serait bientôt l'heure d'aller réveiller leur petit dernier, Dante – un bambin espiègle qui ne manquerait pas de semer une joyeuse pagaille à la seconde où il ouvrirait les yeux.

Elle sourit. Elle était heureuse. Plus heureuse qu'elle n'aurait jamais osé l'imaginer. Et chaque jour qui passait semblait renforcer son bonheur. Depuis la naissance de Leonardo, cinq ans plus tôt, et durant les deux années qui l'avaient précédée, la vie l'avait comblée, tout comme la comblait l'homme avec lequel elle avait récemment renouvelé ses vœux de mariage.

Peut-être parce qu'ils avaient été si près de le détruire, ils n'en estimaient que plus la valeur de l'amour qu'ils se portaient.

Giacomo ne l'avait pas quittée un instant durant toute la durée de sa grossesse quand elle attendait Leo et qu'elle était morte de peur à l'idée de le perdre, même si elle faisait de son mieux pour ne pas le montrer. Elle se souvenait de l'émotion intense sur son beau visage quand elle avait donné le jour à leur fils et de la tendresse avec laquelle il l'avait pris dans ses bras pour le bercer contre lui.

Il avait promis d'être un père impliqué. Fidèle à sa parole, il avait limité ses déplacements à l'étranger et appris à déléguer. Paolo, son assistant, était ravi. Un jour, il avait dit à Louise qu'elle était la meilleure chose qui soit arrivée à son patron et qu'il était content que celui-ci ait enfin ouvert les yeux !

La famille Volterra partageait son temps entre l'Italie et l'Angleterre. À force de volonté et de pratique, Louise parlait couramment italien. C'était important pour elle. Pour ne pas se sentir étrangère dans le pays natal de ses fils.

Ils avaient récemment vendu l'appartement de Milan pour acheter une maison non loin de la ville, avec un jardin suffisamment vaste pour accueillir leur progéniture en pleine expansion. Ils passaient les étés sur la côte amalfitaine et Noël à Barton. C'était ici même qu'elle avait créé sa propre version du classique panettone italien de Noël. Une recette qu'une de leurs amies italiennes, Maura, avait essayée, adorée et diffusée un peu partout autour d'elle. Le succès avait été tel que Giacomo avait présenté Louise à un partenaire en affaires qui possédait une usine de fabrication de produits alimentaires. Elle n'avait pas eu le temps de dire ouf que la délicieuse brioche était sur les chaînes de production. Cette année, les ventes de « Mamma's Mincemeat Panettone » avaient atteint des records et Louise avait été contactée pour élargir la gamme de produits et se lancer dans une fusion audacieuse des cuisines italienne et anglaise.

Elle regarda Giacomo et Leo patauger dans la neige pour regagner la maison. Dans le hall, elle les entendit ôter leurs bottes et leurs manteaux en bavardant. Comme elle ouvrait un placard et se dressait sur la pointe des pieds pour attraper une tablette de chocolat, la voix de son époux résonna dans son dos.

— Laisse-moi faire, Lu.

— Tu es si grand, roucoula-t-elle, consciente de se comporter parfois comme une adolescente vivant son premier grand amour et non comme la future maman d'un troisième enfant.

— Et toi, tu devrais être plus prudente, déclara Giacomo en lui tendant la tablette.

— Mamma, Mamma !

Une tornade brune déboula dans la cuisine, enroula les bras autour des hanches de Louise et posa la tête sur son ventre rebondi.

— On peut descendre au village écouter les chants de Noël ?

— Bientôt. Nous devons d'abord attendre que Tante Maeve soit là. Elle ne va pas tarder à arriver. Va donc voir si ton petit frère a fini sa sieste pendant que je prépare un chocolat chaud.

— *Si*, Mamma !

Elle regarda Leo sortir en trombes de la cuisine et quand elle tourna la tête, ce fut pour croiser les yeux brillants d'amour et de fierté de son époux.

— Heureuse ? s'enquit-il.

— Merveilleusement heureuse. Même Tante Maeve

semble avoir été conquise par nos fils. J'ai du mal à croire qu'elle ait accepté de venir fêter Noël avec nous.

— Elle fait partie de la famille, *mi amore*. Nous devons tous prendre soin les uns les autres et rester unis.

Il laissa ses mains glisser sur Louise, dessiner la courbe de son ventre puis remonter vers son menton qu'il releva du bout des doigts.

— Mais j'ai hâte d'être seul avec toi, dit-il avec un sourire canaille. Pour te faire l'amour très, très lentement. En attendant, un baiser fera l'affaire.

Leurs bouches s'unirent et leur baiser fut si long, si doux que Louise dut d'agripper à ses épaules pour ne pas fondre dans les bras de son époux.

Elle finit par rouvrir les yeux et, serrés l'un contre l'autre, ils se tournèrent vers la fenêtre.

— Regarde, Lu ! s'exclama Giacomo avec un sourire ravi. Il neige à nouveau.

Retrouvez prochainement,
dans votre collection

AZUR

Le secret d'Amalia, de Jackie Ashenden - N°4543
Dans la cathédrale royale, tout le monde retient son souffle, tandis que le prince Rafael interrompt les noces d'Amalia De Vita. Lui qui déteste le scandale n'a pas eu le choix : comment pourrait-il laisser la belle héritière épouser son frère, alors qu'elle est enceinte de lui ? Soucieux de voir son enfant bénéficier d'une naissance légitime dont lui-même a été privé, Rafael exige d'Amalia qu'elle l'épouse…

Liaison sur un yacht, de Cathy Williams - N°4544
Parce qu'il a besoin de toute urgence d'une nounou pour sa fille de six ans, Niccolo Ferri engage Sophie Baxter, qui les accompagnera lors d'un voyage d'affaires à bord de son yacht. Mais, alors qu'il devrait être concentré sur son travail et son enfant, Niccolo voit ses pensées tournées vers sa jolie employée. Au point que, bientôt, il entame avec elle une liaison passionnée et délicieusement interdite…

Le play-boy de Miami, de Dani Collins - N°4545
Après avoir dénoncé les agissements de financiers crapuleux, Bianca est contrainte de fuir à Miami. Sur place, elle est embauchée comme gouvernante d'une luxueuse demeure inhabitée. Quelle n'est pas sa surprise de découvrir que son patron n'est autre qu'Everett Drake, le play-boy avec lequel elle a passé une nuit inoubliable six mois plus tôt ! L'homme, soucieux de la protéger, lui propose alors de jouer, aux yeux de tous, le rôle de son épouse…

La belle et le solitaire, de Donna Alward - N°4546
Voilà des mois que Jessica, en manque d'inspiration, ne parvient plus à dessiner. Mais soudain, alors qu'elle se trouve au bord d'une falaise de Nouvelle-Écosse, elle aperçoit un phare malmené par les vagues qui la bouleverse. Gagnée par une vive émotion, elle est hélas priée de quitter les lieux par le propriétaire, un rustre qui n'est autre que Branson Black. Le célèbre écrivain, marqué par un drame, vit désormais dans la plus grande solitude. Une solitude que Jessica a soudain envie de briser…

Révélation aux Fidji, de Natalie Anderson - N°4547

Après que leur fabuleuse nuit d'amour s'est soldée par un désastre, Carrie n'imaginait pas revoir Massimo Donati-Wells. Quel choc pour elle de le retrouver, peu après avoir mis au monde… leur fille ! Alors qu'il lui propose de s'installer avec lui, sur son île privée des Fidji, Carrie hésite. Certes, elle souhaite le meilleur pour son enfant, mais pas question pour autant de renoncer à l'amour. Massimo est-il seulement capable de le lui offrir ?

Le prince de Noël, de Therese Beharrie - N°4548

Maman célibataire, Amari a besoin d'aide pour faire tourner sa boutique à l'approche de Noël. Aussi, lorsqu'un prénommé Kade se présente pour le poste, l'embauche-t-elle, tout en se demandant pourquoi un homme comme lui s'est installé dans la petite ville de Swell Valley. Grand, charismatique et auréolé de pouvoir, Kade n'a pas le profil du commerçant. Et pour cause, c'est un prince !

Le baiser d'un patron, de Susan Meier - N°4549

Noël sera bientôt là… et Erin s'apprête à le passer avec son patron ! Hugo Harrington lui a en effet demandé son aide pour la rénovation d'un hôtel à Londres, et il lui est impossible de se dérober. Le veut-elle seulement alors que Hugo fait battre son cœur si fort ? À mesure qu'ils se rapprochent tous deux, Erin découvre un homme plus sensible qu'il n'y paraît, aux prises avec les souvenirs de son passé. Un homme qui la bouleverse d'un seul baiser échangé sous la neige…

Les héritiers de Grey Manor,
d'Elisa Marshall - N°4550

SÉRIE : *LES MILLIARDAIRES DE GREY MANOR* - 3/3

Il est son héros, l'homme de ses rêves… Jamais Kate n'a oublié Harrison Fox, qui l'a sauvée d'un incendie au péril de sa vie une dizaine d'années plus tôt. Or voilà que le testament de son père les réunit enfin, en les désignant tous deux comme les héritiers de Grey Manor ! Si leurs retrouvailles se font sous le signe du désir, Kate sait qu'elle n'a aucune chance de gagner le cœur du ténébreux homme d'affaires. Pour Harrison, en effet, elle restera éternellement la fille de son plus grand ennemi…

Séduisantes rumeurs, de Louise Fuller - N°4551

SÉRIE : *NOËL AVEC UN HOMME D'AFFAIRES* - 2/2

« Pas de gros titres. Pas de scandale. Pas de photos compromettantes. » Voilà qui représente un véritable défi pour Louis Albermarle, duc d'Astbury. Play-boy réputé pour ses frasques, il est aujourd'hui appelé à se montrer responsable par les actionnaires de son entreprise. Hélas, quand un cliché volé le dévoile en compagnie de Santina Somerville, une célèbre patineuse artistique, le voilà contraint de mettre fin aux rumeurs en proposant à la belle de l'épouser…

Le maître du *palazzo*, de Kim Lawrence - N°4552

Soren n'a qu'un but : se venger de l'homme qui a détruit son père. Or voilà que dans cette quête impitoyable il entraîne la petite-fille de son rival dans une tourmente médiatique et scandaleuse… Pour protéger la belle Anna qu'il sait innocente, il l'emmène chez lui dans son *palazzo* sicilien, tout en se jurant de la tenir à distance. Impossible : l'alchimie entre eux est si vive que Soren séduit Anna, sans lui révéler d'abord que leurs familles sont rivales…

Princesse et rebelle, de Michelle Smart - N°4553

Toute sa vie, Catalina a joué son rôle de princesse à la perfection, bridant ses envies et ses désirs pour plaire à chacun. Pourtant, il a suffi qu'elle s'abandonne une seule et unique nuit entre les bras de Nathaniel Giroud pour que ses efforts soient balayés et que sa vie bascule définitivement. Car aujourd'hui la voilà enceinte et en fuite, prête à tout pour protéger son enfant à naître. À tout, même à s'opposer à l'impitoyable et irrésistible milliardaire qui est à sa recherche…